U0127844

图像的图像
—— 2003 中国当代油画邀请展

展览组委会

主　任

董小明

副主任

王小明

张树国

委　员（按姓氏笔画为序）

郑　强

赵伟东

鲁　虹

策展人

鲁　虹

图像的图像

—— 2003 中国当代油画邀请展作品集

深圳美术馆编
主编 董小明

广西美术出版社

目 录

前 言

—— 董小明

审视我们的时代，你会发现，由于现代科技与传媒的高度发展和结合，越来越多机械复制的符号和图像正在持续不断地改变着我们的视觉经验，成为人们感知和认知事物的重要方式，影响着每个人的精神生命。身处这一时代的视觉艺术，其传统的样式已经发生很多变化，一些新的样式正在形成。深圳美术馆从自身研究的课题出发，继去年成功举办"观念的图像——2002中国当代油画邀请展"之后，今年又策划推出"图像的图像——2003中国当代油画邀请展"，以期通过改革开放以来这一系列油画艺术成果的展示，有益于中国当代绘画的发展与研究。

本次展览，邀请了16位20世纪70年代前后出生的当代青年油画家。他们成长于这一时代，当代图像的视觉经验对他们的创造方法和作品样式的影响显而易见，使他们的作品在许多方面具有新的特质而全然不同于前辈画家。令人高兴的是，年轻的艺术家们通过自己的不懈努力，为中国油画找到了一种当代的特征。置身美术馆欣赏这些作品时我们会感觉到，即使在现代传媒和公共传播的强大压力下，艺术作品的手绘感和现场审美的体验是永远无法替代的。

"图像的图像——2003中国当代油画邀请展"的部分作品将为深圳美术馆永久收藏，并且与"观念的图像——2002中国当代油画邀请展"的藏品构成一个有机的整体，这不仅对中国当代油画艺术的研究具有价值，同时也为深圳这一年轻的城市积累了宝贵的精神财富。

谨向参展的艺术家表示衷心的谢忱！

2003年9月

在传统的油画创作中，画面形象主要是通过对现实生活的写生获得。正是根据这一原则，传统的油画教学形成了一整套完整的教学体系。照相机发明以后，不少艺术家虽然也会借助新的技术成果，即以照片代替写生，但"从生活到艺术"的创作方法，却一直未曾从根本上被撼动。记得"文革"期间，我参加美术创作培训班时，一个领导曾谆谆告诫我与其他学员，照片仅仅是艺术家体验生活的辅助性手段，艺术家要是不体验生活而完全依赖照片进行创作，就会因颠倒源与流的关系而走上歧途。

但是，以上创作原则正在受到严峻的挑战，近些年出现的油画创作足以证明：伴随着文化背景的巨大转换与外来文化的深刻影响，一种更新的创作方法已经出现。在许多中青年艺术家那里，或者更多是依赖现代传媒制造的流行图像与符号获取画面中的艺术形象，或者是在艺术与摄影、电脑的交叉之处获取画中的图像。完全可以说，他们的艺术既是图像的图像，也是对当下生存环境的直接反映。看来，面对时代的嬗变，一些中青年油画艺术家在赋予油画以更新的含义时，已经建立了全新的图像修辞学。

熟悉当代艺术史的人都知道，完全根据现有图像进行艺术创作的传统，发端于美国的波普艺术。而且，这一传统的出现与美国商业社会、高新科技的发达不无关联：第一，电视、电影、图片、画册、广告和连环漫画等由大众传媒制造的图像，在第二次世界大战以后，以前所未有的速度充斥于美国都市；第二，随着照相机、摄像机与电脑的普及，社会大众都成了潜在的图像制造者，这也使人们越来越习惯于用图像来进行交流；第三，也是最重要的，形形色色的图像在进入社会的过程中，逐渐会超越本来的含义与功能，形成有力与有影响的文化意象，并与现实有着密切的相关性。曾几何时，美国波普艺术反传统的创作方式遭到了一片骂声，人们指责它亵渎了伟大油画典雅高贵的传统，进而使油画成了平庸低俗的大路货。但今天，由美国波普创立的新艺术传统不但波及全世界，还影响了一代又一代艺术家。仅以中国为例，在上个世纪90年代初期出现的"中国波普"艺术，中期出现的"艳俗艺术"以及晚期出现的"后生代"艺术都把图像——包括已经流行的与自己制造的图像——当作了重要的文化资源来对待。我认为，简单用"抄袭"与"模仿"的大棍子来打人是不妥当的。事实上，更为深刻的原因是，在中国经历了市场化的改革以后，为了适应消费社会与文化工业的运作逻辑，铺天盖地的图像符号已经以无法回避的姿态渗入到了中国人民的生活之中。这不仅彻底改变了人们获取知识、了解事态、掌握规则的基本方式，也使绘画的图像内涵与形式经历了重大的冲击。我们不能仅仅从形式主义的角度来思考绘画中的图像变异问题。

所谓"后生代"特指1970年代前后出生的人，这批人的世界观基本上是在改革开放的过程中形成的。他们生长在风平浪静、经济迅速增长的时代，既没有接受"文革"的洗礼，也没有遭受"上山下乡"的磨难，更没有追求伟大理想的经历，有的只是对当代都市消费文化、电子网络文化、现代传媒文化与西方外来文化的深切感受。所以，他们的艺术关注点与表达方式都明显不同于上一辈的中国当代艺术家。在题材的处理上，他们一反"宏大叙事"的传统模式，更多的是从表达个人生存体验的角度去表达他们的价值理想、精神追求与人文关怀。对于他们来说，个体仅仅是漫长生存之链上的一个环节，如果脱离了这样一个具体真实的、可以把握的生动环节，去追求一些不着边际的宏伟理想常常会大而无当。毫无疑问，这与王广义、张晓刚那一辈艺术家更偏重借用公众性图像符号思考重大社会问题的做法根本不同。比如，在由深圳美术馆主办的"图像的图像——2003中国当代油画邀请展"展览中，更多的艺术家是借对当下青年生存状态的描绘来涉及"后生代"普遍存在的精神性问题。透过画面我们可以感到，在现实面前，他们或者充满困惑、感伤、无奈的情怀（尹朝阳）；或者喜好追求时尚，显得矫揉造作（江衡）；或者被恐惧与颓废的情绪所笼罩（何森）；或者呈现自我分裂的青春症状态（赵能智）；或者对前途感到困惑而不知所措（俸正杰）；或者根本就无理想、无忧患，只知追求瞬间的快感与个性的张扬（熊莉钧）。艺术家张小涛与季大纯虽然没有正面涉及"后生代"的生存状态，但前者通过对动物与器具的表达，隐寓性地表现了"后生代"生存的孤独感与残酷性；后者则在借用传统手法描绘静物时，以一种淡泊超脱的精神气质，对"后生代"中一些人的生存方式表示了间接的批判。此外，既有人用对身体局部的描绘突出了一种可怕的无助感与对幸福的向往（徐文涛、黄庆）；也有人将不同的图像加以拼装，以寻求脱离日常的生存经验（秦琦）；既有人将流行图像加以梦幻组合，意在对青春类大众文化进行视觉性的文化反思（钟飙）；也有人在用照相机记录与个人经历相关的场景时，努力以绘画呈现照相机的观看方式（付泓）。相比较而言，在参展艺术家中，李大方、余旭鸿与徐宏民显得略有些不同。他们似乎都没有涉及"后生代"的生存问题。李大方、余旭鸿意在用组合性的画面强调人与自然的关系问题；徐宏民则用十分抽象的画面表明了对商业化社会的不认可。我觉得，在这三个人身上，还些许保留着上一辈艺术家的精神气质，所以，前二者更偏好从整体上思考较为重大的文化问题，后者更偏好探讨与内心深处相吻合的结构空间。

　　而在艺术的处理手法方面，"后生代"艺术家更多的是从"虚拟性"入手去营造一种特殊的气氛，这使他们能够在各自设立的主观框架中，充分突出想要表达的思想观念。"虚拟性"是相对"写实性"而言的。在艺术史的上下文中，后者的含义是用画面真实客观地把某对象描绘出来，以接近现实中的"这一个"。"虚拟性"却不同，它的含义是在现实的基础上创造出一种形象，以适应某种表现上的需要。许多学者将其称为类像与拟像。历史上，也有艺术家使用过"虚拟性"的手法，但一直是在"写实性"的基础上进行，并未走向极端。令人不可思议的是，到如今，这种手法在消费时代盛行的大众文化中却得到了登峰造极的发挥。正如许多学者指出的那样：从特殊的宣传效果出发，有时它会无中生有，有时它又会严重地歪曲现实，结果便与"写实性"形成了完全对立的概念。而且，为了操作简便与更易进入公众，大众文化采用的"虚拟性"逐渐演变成了对某类对象的纯粹性编码。正是因为大众文化具有概念化、类同化、批量化、无风格的特点，著名的法兰克福学派对其进行了猛烈的批判。可惜，他们只看到了特殊利益集团运用公共图像对大众单向操纵的现实，却忽视了能动性公众对现有图像进行改造的现实。"后生代"艺术家的聪明之处在于，一方面，他们按大众文化的原则与趣味挪用或创造了自己需要的艺术形象；另一方面，他们又在这样的过程中，巧妙地赋予了画面以意义。说到底，"后生代"艺术家的作品与大众文化的最大不同之处是，后者是要逃避现实，让人进入幻想的世界；前者却是要超越视觉的表象，切入现实的本质。

　　于是，"后期制作"的方式也随之出现在了"后生代"画家的作画过程中，甚至成了不可或缺的一个步骤。本来，"后期制作"是从事摄影、摄像与电脑图像处理工作的人员，在获取第一手材料后，必然要做的后期工作，但现在这样的做法已经为"后生代"艺术家所借用。

他们的具体方法是：或者对现有的公共图像进行挪用、改装、并置与重组（钟飙、熊莉钧等）；或者将摄影、摄像作为基本媒介加以使用，然后再将获取的图像放入电脑中进行技术化处理，使之成为创作的"蓝本"（张小涛、江衡、何森、赵能智、俸正杰等）。由于"后生代"艺术家基本不对生活中的"摹本"进行直接性的写生，因此，他们作品中的造型语汇、表现手法和组织方式也呈现出了全新的趋向。就画面的组合而言，"后生代"艺术家更喜欢用自由联想的游戏方式，去创造带有流行效果的、喜剧的、荒诞的、半梦半醒的作品。而且，更多的是对摄影中大特写与中前景式镜头的借用。就画面的造型与表现方式而言，"后生代"艺术家又喜欢将不同的艺术传统——如达达艺术、超现实艺术、波普艺术等与大众文化中的不同类型——如漫画、广告、摄影、摄像等自由结合。由此，他们也创造了各自不同的艺术风格，并具有鲜明的时代特点。依照传统的标准，人们也许看不惯他们的作品，但当我们结合特定的文化背景去分析他们的作品时就会感到，这种变化带有历史的必然性，谁也无法阻拦。我甚至认为，对于外来文化、大众文化和各种新艺术样式——包括行为艺术、装置艺术、新媒体艺术的合理借鉴，正是"后生代"艺术家面对新情境压力而采取的文化策略。这也使作为传统媒介的油画获得了全新的发展空间。人们没有必要指责他们。

在这里，一个问题被带了出来，那就是既然"后生代"艺术家如此热衷于向新的艺术样式学习，为什么不去从事新艺术样式的创作？为什么他们要将油画弄得不伦不类？据我所知，在一次全国性的学术讨论会上，一位油画家就提出了类似问题。对此，我想回答的是：第一，"后生代"艺术家不仅都受过专业性教育，也迷恋着油画这一传统的艺术媒介。在他们的心目中，架上油画仍然是观察自然、认识自我的有效途径。因为从注重表达个体体验与反抗机械复制的现象出发，他们无比珍视油画所具有的个人化与手工化的特点。第二，媒介本身并无优劣之分，只要将独特的思想观念与生存体验纳入创作之中，油画仍然在当代艺术的格局中占有重要的位置，例如在伦敦、柏林，油画至今还是当代艺术中既普遍又重要的媒介，像当今十分走红的艺术家格兰·布朗和列昂·歌卢布就一直把油画作为主要的表达工具。但这一点并不影响他们的学术地位。第三，在国际当代艺术的格局中，中国当代油画家有着相当的优势，一个既缺乏影像背景又在绘画上有所专长的人，根本没有必要放弃自己的优势，去追赶国际艺术的新时尚。第四，在"后生代"艺术家的作品中明显带有大众文化的视觉特征，并不能说明油画的堕落。恰恰相反，他们创造的形式，既是对当下文化环境的一种暗示与规定，同时也是他们的艺术趋于成熟的标志。

中国"后生代"艺术家创造的油画艺术再次让我们看到了思想价值的巨大力量。应该说，正是在反复遭遇当下中国人生存的基本问题中，他们的油画艺术才形成了一个特殊的文化象征系统，进而涉及了有关人生意义的永恒问题，这无疑是值得欣慰的。

祝中国"后生代"艺术不断取得更大的成就！

2003 年 8 月于深圳东湖

作 品

■事情一旦开了头，无论偶然必然，走上艺术这条路就等于走上一条自我救赎之路。我不相信原罪，但未知的未来让我恐惧，那种无法预知的巨大空旷和空虚频繁混淆，常常让我不知身在何处。只有工作时，我才会稍稍缓解这情绪。心存畏惧让我一度狂躁的内心获得安宁，因自卑而泛滥的忧虑也被这恐惧逼出许许多多自信。感谢天，让我带着畏惧上路。

■**尹朝阳**的绘画开启了20世纪70年代出生的一代人青春感伤的抒情主题，并真正开始塑造这一代人自己的自我形象和情感特征。作为"青春残酷绘画"的代表人物，他的绘画在中国20世纪90年代末期的写实主义绘画中占有重要位置。■在图像的主观性上，尹朝阳的画面"剥离"了造型表现的客观色彩，从而使境遇感和现实感有一种直接的穿透力。在表达方式上，尹朝阳的绘画采用了一种隐藏"技术"的写生方式，注重画面完整的心理"场"的塑造，其表现力具有一种出色的天赋。（**朱其**）

伤　90cm × 130cm　2003 年

尹朝阳作品

伤　80cm × 100cm　2003 年

尹朝阳作品

伤　97cm × 130cm　2003 年

尹朝阳作品

烟　150cm × 200cm　2001 年

尹朝阳作品

烟　150cm × 200cm　2001 年

尹朝阳作品

■有两个事实，寻找解释有时是失效的：不能避免的是经历已经发生的和正在发生的冗长密集的事实；另一个事实是艺术家制造了图像，"制造了图像"的自觉和"利用图像"的自觉矛盾地作用在工作过程中。■以记录的名义虚构个人的经历。每个人都在虚构、忘记和浪漫化地记忆。记录是给幻想找来的形式，真正的记录是不可能的，所能把握的是一个工作姿态，享受一种劳动。

■1997年至2000年**付泓**的作品以人像为主，其中代表性的作品是《复数面孔 》如同作者在自述中所说，他意图表达的是"社会与集体中人的自我判断与觉察"。此后，面孔乃至人的形象开始从他的作品中隐退，取而代之的是与人相对的环境出现在画面中，琐碎片断的景与物成为付泓近一阶段作品的主体。虽然描绘的形象由人转换到景，但他却继续着对图像创造可能性的探究与追问。■大量充斥的图像文化，无疑丰富和扩展了每一个人的视觉经验。如苏珊·桑塔格所认为的，人们通过照相机成为现实的消费者或旅行者，照相机使异样、遥远的东西贴近，使熟悉、家常的东西奇异起来，照片使得世事万物都有可能成为欣赏事物。除了亲身的观察和体验外，照相的方式为我们提供了认知世界及自我的第二条路径，而以绘画的方式呈照相式的观看经验，正是付泓近期作品所欲图把握的中心。因此，那些取自个人拍摄照片的对象成为了他作品中的欣赏之物。无论是"8：00PM"组合，还是"虚构的经历"系列，在夜色笼罩中，图像是飘忽的、不确定的。由于时间的并置，人仿佛经历着梦魇，那些通过相片摄取的现实的物成为了超现实的景。"一天"则将大量的生活图像以无意义的流水账方式再现在一张画面中，在貌似客观的"记录"背后，作者体味到的是永远无法企及的真实。■当人在控制机器使现实成像的时候，反过来机器又控制着人，控制着人观看现实的形式。与其说付泓以照相式的观看方式创作作品，目的在于获取真实、客观的对象，不如说他着迷于这种观看经验所呈现的形式。（**周爱民**）

虚构的经历 9：30 — 10：00(及局部)　48cm × 300cm　2003 年

付 泓 作 品

虚构的经历 10:00—10:15(及局部)　48cm × 300cm　2003 年

一天　155cm × 198cm　2003 年

付泓作品

8：00PM 组合（1&5）　105cm × 300cm　2002—2003 年

付 泓 作 品

8:00PM 组合（2&3）　105cm × 300cm　2002 年

付 泓 作 品

■在我的作品里，我更着重的是图像本身所折射的社会现实意义和个人自身的历史经验以及图像本身所赋予的心理和人文的特定时代情感因素。在我的画中，"中心人物"表现得透明化、模糊化。在此，"中心人物"是商业社会的一个美丽符号。我所营造的是人们在享受商业社会果实的同时，感受到在美丽社会当中隐藏着的美丽假象和散发着的物欲气味。作品中的现实主义特征给人提供了一种赏心悦目的"健康心理状态"正好说明了这个时代中消费文化、快餐文化对人自身产生"消化不良"的影响和个性的自我消失。它给人带来了似"美丽"又"非美丽"的情节和场景，并且给人带来了新的视觉空间。

■**江衡**对我们时代文化的敏感及提升是以为"时尚美女"造像为切入点的。他通过具有广告的单纯、亮丽的色彩，又借用了中国传统年画和旧上海的月份牌画的平涂技法，将在商业文化影响下流行的"时尚美女"矫揉造作和暧昧矫饰的心理状态直观地呈现出来，并试图把当代中国正在兴起的消费社会中的时尚化、虚拟化生活加以典型化、波普化的处理，用夸张的笔触具象地勾勒出这个时代物质和精神崇拜的生动且荒诞的情境。戏拟的语言方式背后隐含的是他对当下生活的深刻关注以及严肃认真的反思。**（冯博一）**

消费时代景观 4　185cm × 235cm　2003 年

江 衡 作 品

消费时代景观 5　185cm × 235cm　2003 年

江衡作品

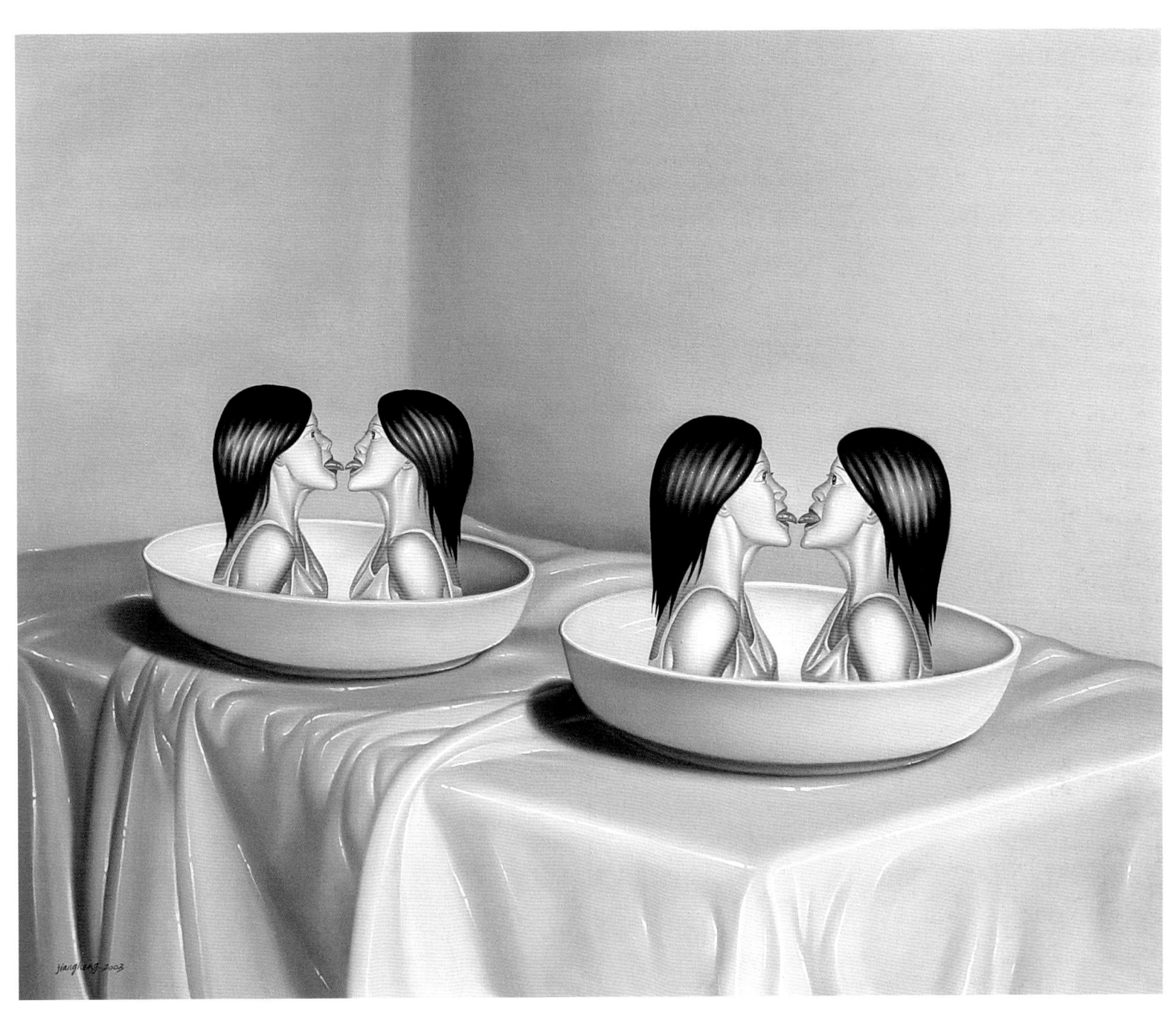

消费时代景观6　135cm × 165cm　2003 年

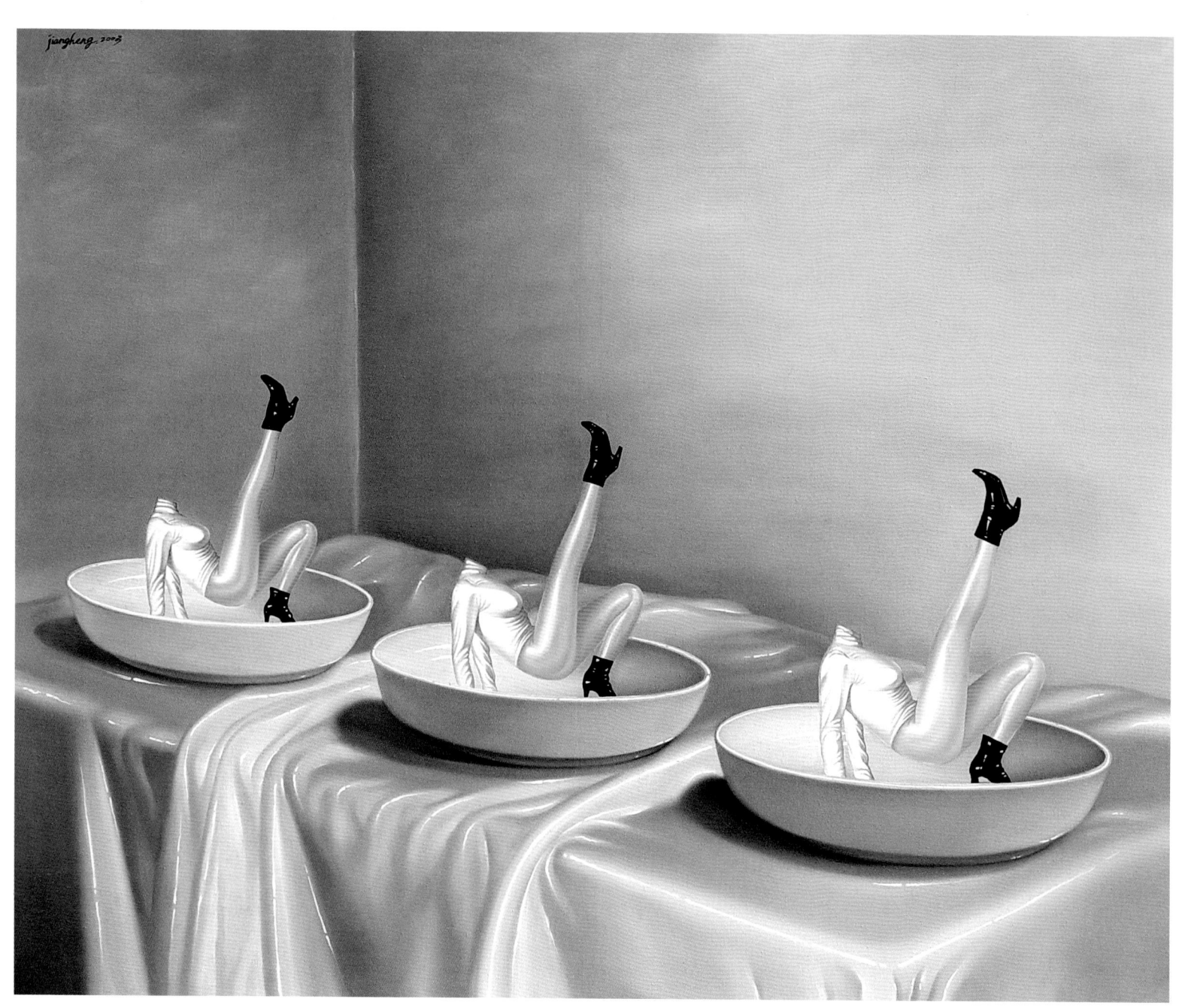

消费时代景观 7 135cm × 165cm 2003 年

江衡作品

消费时代景观 9　110cm × 140cm　2003 年

江 衡 作 品

■我把我的作品大致概括为活动、关系、力量、假象和模仿。■我之所以用连环画的方式，是想排除艺术的一般意义，使它具有通俗、亲切的外观，有教育意义的情节，其中用胡思乱想把作品的表面意义引向这一行为背后的活动，而这一活动的激动是我所关心的，也就是冒险。我试图用模仿和假象的方式去进行，排解一般意义上思想的阻碍。■在作品中我更多的是用装腔作势的语言、用夸张而又看似严肃的内容加强表演的痕迹，用无意识的诗体语言把解脱和追问留给他人，并将感觉的语言和感觉的情节结合，用夸张、故意呆傻的样子来表达，给沉思的乐趣加上个性色彩。

■中国经济的发展，整个社会的高速发展，使文化中原先积极参与的某些状态显得有些孤立。这不是文化不先进了，而是环境变了，使它们的表演有些尴尬，使精神性不再先锋刺激。一个时代造就一些相应的分子，艺术也是如此。如今我们再谈油画应从艺术的角度去对待，它只是艺术的载体，是精神现象的某些出发点。我们中国的油画与我们国家连系紧密，有沉重的使命感，群体现象和群体思潮是主导。这一切都与国家的命运连在一起，更多地与政治意识形态发生联系，对艺术的问题有些忽视，文化的负重感太强。当今年轻一代的艺术现象值得研究，这不是说他们不关心文化，不关心社会，而是这些载体的作用及其价值在改变。艺术不可能是孤立的，艺术是人生命省略的进行，而进行方式有艺术化倾向，有艺术的外观。**李大方**的艺术创作更多的是利用这种艺术的外观，从艺术本身的问题着手，从而引发以后的进行方式。这种方式更多的是以寻求艺术的陌生感为基础。他用连环画式的、有教育作用的实用性展开一种对艺术的态度，进而寻找由此引发的以后的情节，同时进行机智的寻找是他的目的。他在营造一个平台、一个敞开的领域，而这一敞开需要不断解决追问来证明。他对精神的精致追求是他的作品的兴奋点，一系列作品更多地展现了精神的艰苦探索。作品首先给人的感觉是说此及彼。他说："主要要排除对艺术本身问题的纠缠不清的状态，换一个角度去关心它。艺术是相对熟练的方式，抛弃它不应该。虽然展开的活动和艺术没什么关系，但介入的方式还是自己熟练的为好。"在后现代的环境里，原先的虚无是我们的假设，而如果真的来临，意义自然而然应运而生。对问题的漠视随后有更多的空间引发更多的意外，这一切是否能引发我们对自己个人更多的研究与思考？**（韦尔申）**

只是又多了一座山　200cm × 300cm　2003 年

李 大 方 作 品

高原奇遇　250cm × 540cm　2003 年

李大方作品

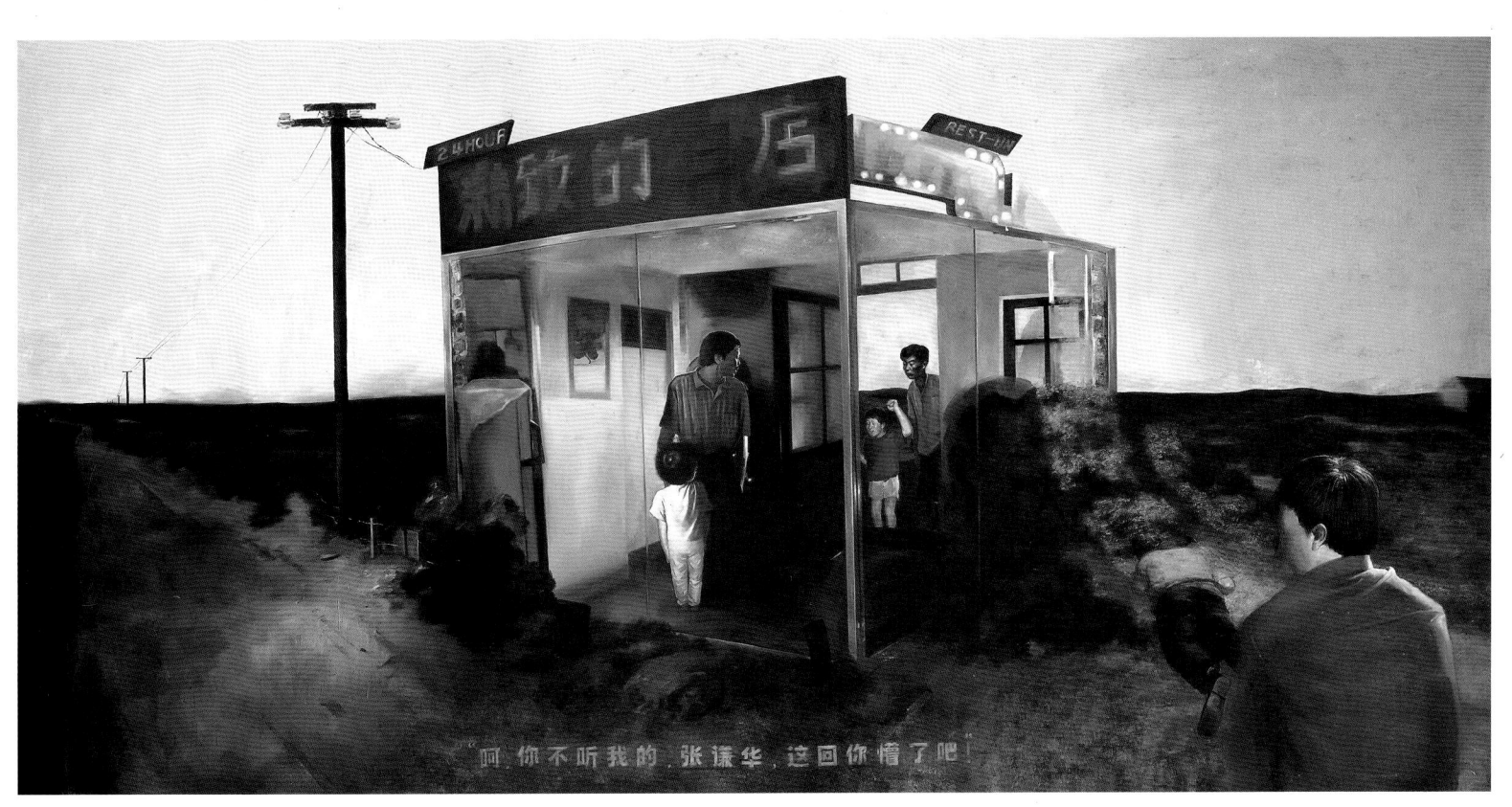

唐劲东的恨已非一日　300cm × 600cm　2003 年

李大方作品

这就是我痛斥的繁忙吗　200cm × 300cm　2003 年

李大方作品

弦音　300cm × 480cm　2003 年

李大方作品

■我的绘画是一种心理描述：对成长的恐惧、对现实不知所措的紧张和从逃避里寻求解脱的企图。面对现实，我们选择了尽可能优雅的生活和尽可能潇洒的外表，这样能多点安全感和面子。同时在我的画面中，也做了些事情来面对这个真正的问题：用平面化的处理替代早先对照片空间的精致模仿，用鲜艳的色彩画出强烈的笔触，把表情和眼睛直接画清楚（现实人们的表情已经很不清楚了），强化紧随人物的深色投影。我拉开绘画和现实世界的距离是因为我想让自己的作品一看就是假的。

■**何森**的绘画通过女性身体这种寓言化的图像，来表达在中国社会转型期间一代人的心理状态和精神症候，传达出新一代人在成长时期的感伤情绪和焦虑状态，并具有了一种后意识形态的享乐主义及文化特征。（**朱其**）

女孩·玩具·烟　150cm×100cm　2003年

两个女孩的场景　150cm × 190cm　2003 年

何森作品

女孩·玩具·烟　190cm × 150cm　2003 年

女孩·玩具·烟　100cm×150cm　2002年

女孩·玩具·烟　150cm × 190cm　2003 年

■当代艺术应该是面向大众的，要承担着责任和社会道义，关注我们的生存困境，并提出问题在作品中讨论。■我的作品"与你共舞"系列试图通过对人与动物关系的关注来消极呈现人与人的关系和人与自然的关系。它是对人性的隐喻：慈悲之心，避开灾难之路。

■历史总是赋予艺术家表现的场景。当代艺术家对文化的判断、思考和感悟，为我们这个时代创作出丰富的、具有鲜明时代特征的作品。**余旭鸿**的油画作品"与你共舞"系列展示了人性与灵魂的思考。在一个消费时代，在过分宣泄人本主义的情形下，他的作品为我们带来几分惊喜与希翼。与人共舞是诸多自然生命的本质呈现，在此，痛苦与愉悦、生灵与物语，都使我们感到生命的价值。**（井士剑）**

与你共舞系列之五　　180cm × 160cm　　2003 年

余旭鸿作品

与你共舞系列之四　200cm × 200cm　2003 年

余旭鸿作品

与你共舞系列之三　180cm × 160cm　2003 年

余旭鸿作品

与你共舞系列之二　　180cm × 160cm　　2003 年

余旭鸿作品

与你共舞系列之一　200cm × 200cm　2003 年

余旭鸿作品

■ "天堂"和"116号楼310号房"是我所理解的北京新生活，它们充满着享乐主义和末世的颓废情绪……纵欲过度的糜烂镜像令人眩晕，并且充满着恐惧和躁动不安。我希望把这些生存的恐惧、渺小、压力、糜烂的微观片段通过作品表现出来。它们是我们荒诞而纵欲的物质生活片段的抽样放大，也是我们面对这个物质化欲望社会的本能疑虑和反应。

■ 蛋糕就是一个局，一群人共谋的一个局，世事如棋。**张小涛**借用蛋糕——虽披着华丽的乐曲般的奶油，却拥有虽然美味但是"糟糕"质地的"自然本色"，非常文学性地比喻了我们这个时代的一些虽然浮华但是腐朽的认知和经验、传统和秩序，以直达心灵的直观，控诉不近情理的客观。

■ 张小涛是一个胸藏愤懑和悲情的艺术家，他选择了理性的借尸还魂法，即通过思维的过滤，经过再加工，形成再表现，让畅快淋漓不仅停于视界，而且流向内心，在共振共鸣之际还如甘泉沁人心脾。**（黄燎原）**

放大的道具——水晶　150cm × 250cm　2001 年

放大的道具——幻觉　150cm × 250cm　2002 年

张小涛作品

天堂　210cm × 400cm　2002 年

张小涛作品

116 号楼 310 号房间　210cm × 400cm　2002 年

张小涛作品

谁之骨 No.3　80cm × 150cm　2003 年

张 小 涛 作 品

■一个人在画画的时候就是一种孤寂的生涯。当你多年都处在同一种心情里时，你会觉得：你的努力，再大的努力，就算是没有结果也是应该的。你不会计较那是东方的还是西方的，古代的还是现代的，它们其实并没有区别，它就是你心里那个空空的山谷。■如果我们能丢掉那个艺术创作的自我梦想，我们就能够成为一个真正的人，同时，画起画来还说得过去。

■**季大纯**在艺术圈是一位颇为特殊的人，因为与生俱来的一种清澈与澄明而显得真实、直接、轻松而毫无修饰。具体而言，他被个人兴趣和趣味的选择所主导，逐渐形成自己的视觉世界。首先，融当代状态于淡泊的人物与静物之中；第二，散点透视的结构方式：作品在结构上表现出一种有意的随意性，但其内在的生活脉络使得这些分散的人物和事物气息贯通，构成浑然一体的生活众生相；第三，别具异彩的语言风格：他的作品在语言方式上是无调性的，在本质上属于一种中国传统样式的白描手法，以轻灵、清淡见长。最值得注意的是他对中国传统绘画艺术的大胆筛选和利用，他的作品因而具有"吴语"化的端倪，但他的作品更重要的是在意念和意境中体现东方的情怀，从而别有一番新鲜的语感和情境。（**冯博一**）

本草纲目—666　150cm × 110cm　2003 年

季 大 纯 作 品

魔术 110cm × 110cm 2002 年

季大纯作品

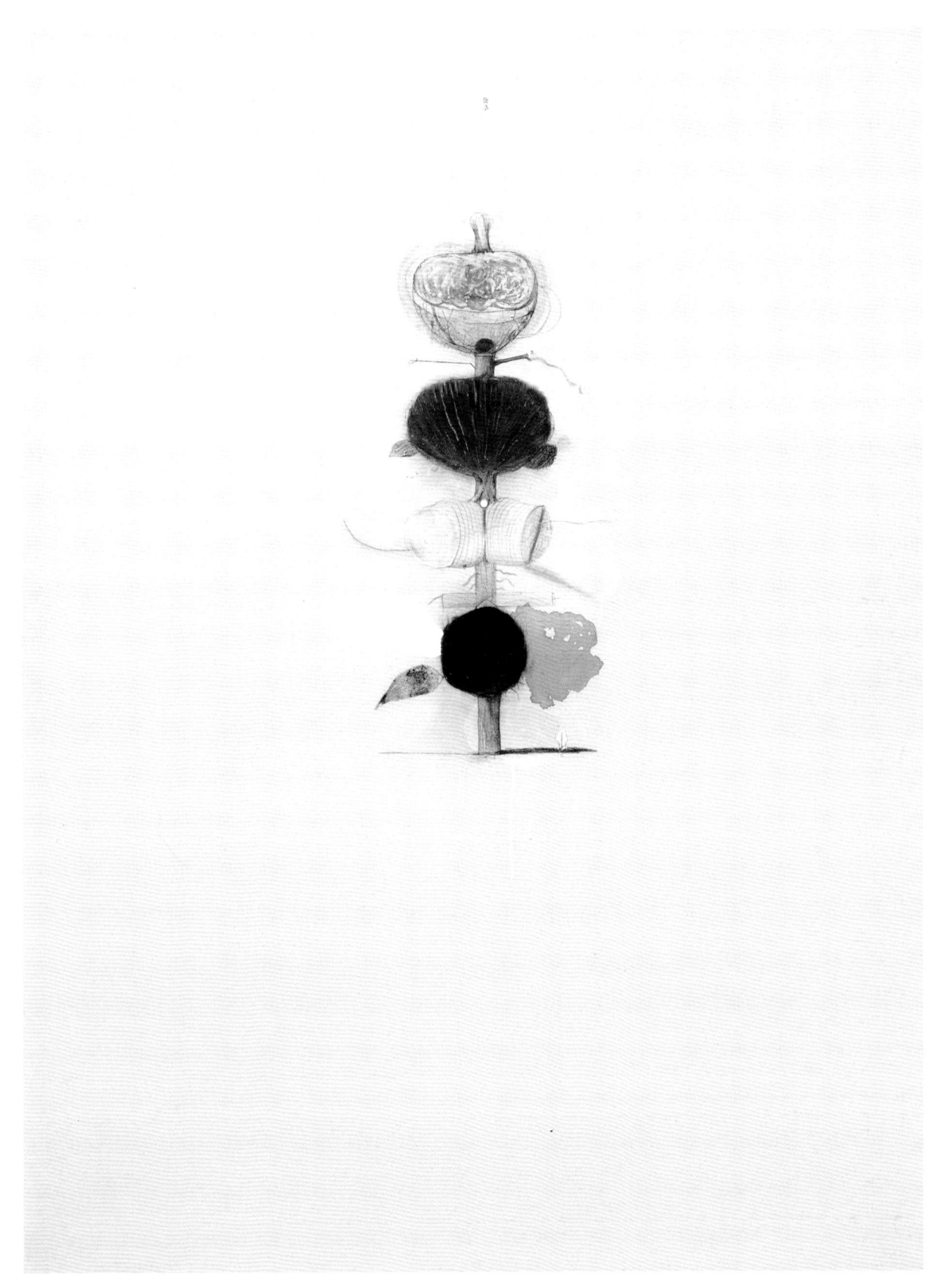

本草纲目—555　150cm × 110cm　2003 年

本草纲目— 777　150cm × 110cm　2003 年

季 大 纯 作 品

本草纲目—999　150cm × 110cm　2003 年

■因为记忆和梦想是现实的一部分，个人体验有着广泛的社会背景，所以，我的艺术在大街上，在镜头中，在随手翻开《辞海》时看到的第一个单词里，在废墟，在超市，在性爱后的瞬间，在帮助别人的自我感动中，在脑海里突然出现空白的时刻，在网络上，在文明海上的波光里……在女人的尖叫声中……总之，我的艺术无所在，而又无所不在。

■**钟飙**特有的工作方式意味着他在文化态度上和以前的艺术家截然不同。无论是政治波普还是艳俗艺术，他们所急于传达的是自己的文化态度，或者批判意识形态，或者批判商品文化，而钟飙似乎游离于这种批判之外。在他的作品中，我们看到了一种知识分子特有的冷静状态。他思考的不是如何批判，而是我们批判的"证据"从何而来，它们的意义又是如何发生变化的。在钟飙对于中国社会流行文化和大众文化的"视觉化"思考方式的背后，我们看到一种新的文化态度。他不像其他关注流行文化的艺术家那样，或者以观念的借口将自己的作品混杂在真正的流行文化中，或者以艺术家的身份用古老的手工方式来批判批量生产的流行文化，或许以手工化和个体生产为基础的艺术根本无法和那些真正的大众文化以及这种文化的媒介相对抗。那些以艺术的名义对大众文化进行批判的艺术和大众文化本身相比，似乎更像一个小苍蝇拍和巨大苍蝇之间的关系。在钟飙的作品中，我们可以看到，通过梦幻性情景的设定和图像的不完整性，他放弃了艺术和大众文化之间被伪装的对抗关系，也放弃了驾驭大众文化的企图，以"视觉化"的方式为艺术在大众文化鞭长莫及的地方找到了一个属于自己的地盘。（**皮力**）

嘿，宝贝　200cm × 150cm　2002 年

钟飙作品

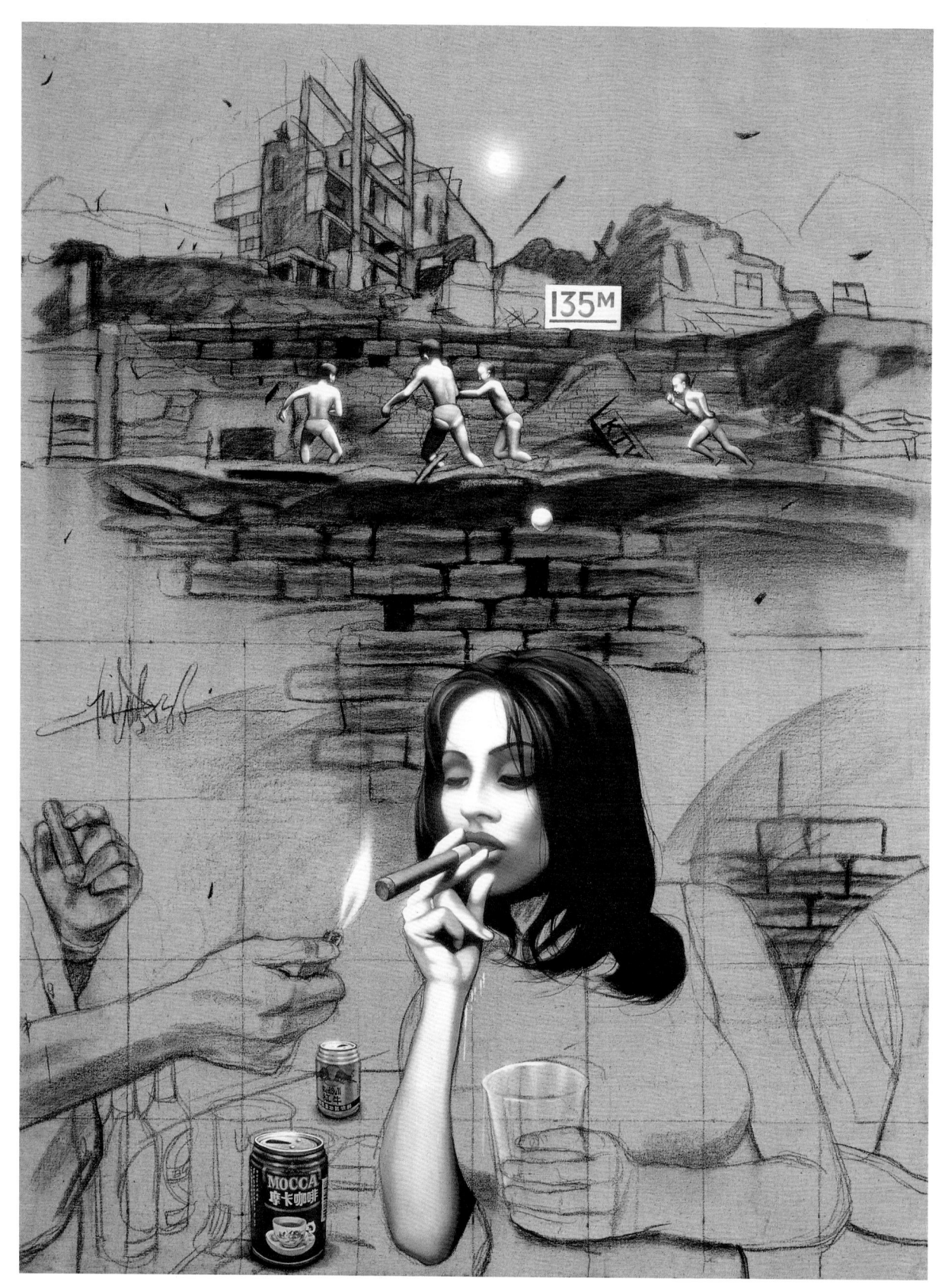

废墟　200cm × 150cm　2003 年

钟飙作品

拷贝　130cm × 97cm　2003 年

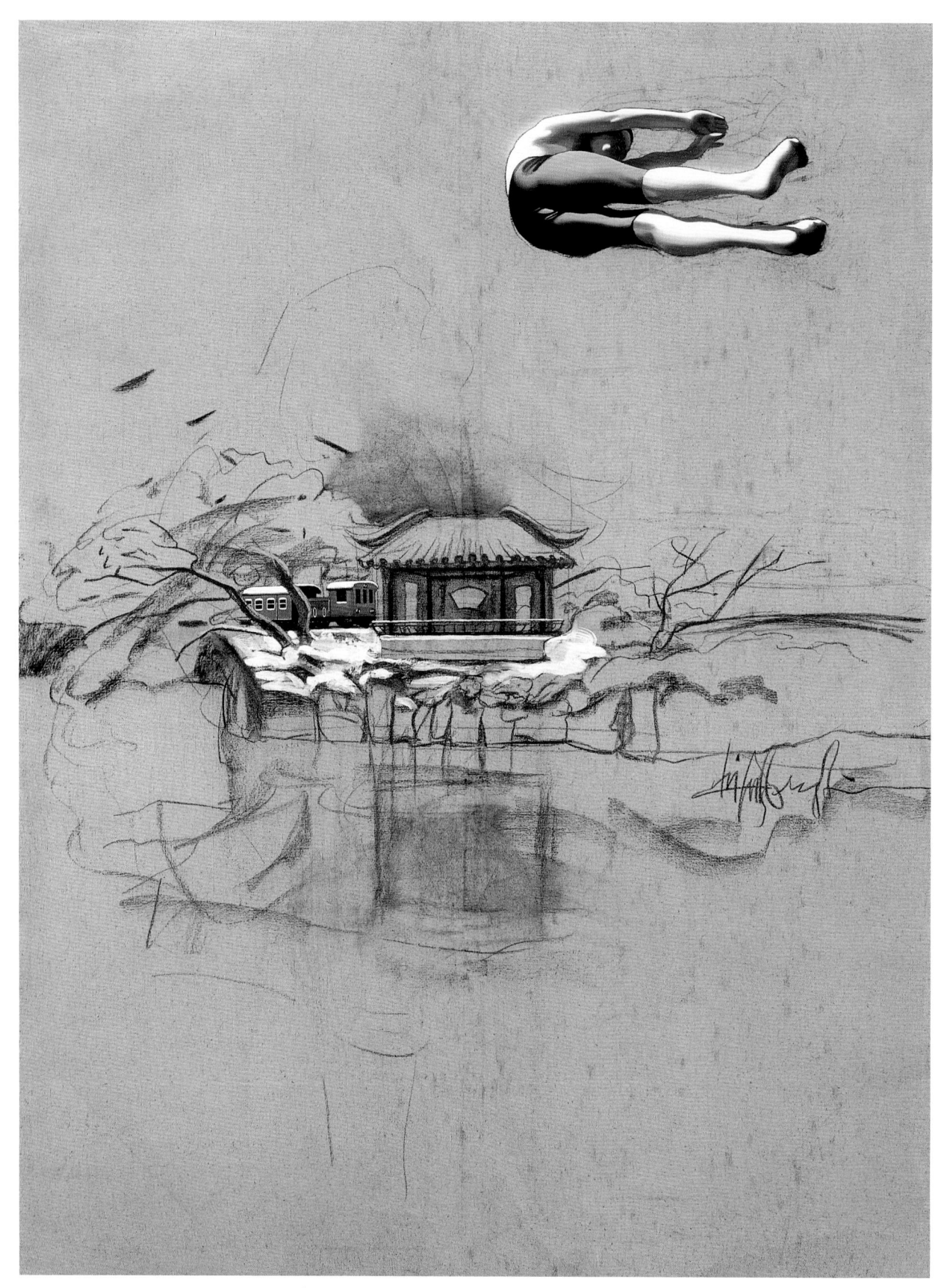

零下 10 度　200cm × 150cm　2003 年

钟 飙 作 品

找个地方哭　200cm × 150cm　2003 年

■我总是从一些偶然得到的图像开始，通过个人的视觉语言描述去完成作品。我关注的是人的内心世界，也企图通过选择一种图像的视觉经验去传达这种内心化的感受。我希望我的作品能给观看它的人带来视觉上的震动和心理上的不适，而这种感觉的传达是从视觉注入人的内心的。

■**赵能智**的画面刻意堆积着一种自我混乱和分裂的视觉经验、愤怒、阴郁、呆滞、疑虑、窒息、迷幻、妄想和现实的失重等。虚无和压抑的气息从一波一波的迷梦、离奇和水中幻影式谵妄视觉的冲击下迎面扑来，画面是吟唱般的伤情。赵能智描绘的是一代人在20世纪90年代后期被塑造的身体经验和视觉的分裂症气质，画面对自我分裂的青春症状具有视觉上的精神分析性质。**（朱其）**

表情系列 2003 作品 No.5 180cm × 230cm 2003 年

赵能智作品

表情系列 2003 作品 No.1　180cm × 230cm　2003 年

赵能智作品

表情系列 2003 作品 No.6　180cm × 230cm　2003 年

赵 能 智 作 品

表情系列 2003 作品 No.8　　110cm × 125cm　　2003 年

赵能智作品

表情系列 2003 作品 No.7　170cm × 220cm　2003 年

赵 能 智 作 品

■ "同一形态的复本系列"就是一种不真实的假设，而假设就是为某种不可能寻找表达与言说的可能。我喜欢画漂浮的身——在漂浮不定中脱离原来的环境，让其成为孤独的存在。这个完全假设的虚拟复合体以纯粹肉身形式出现，形成视觉上的悖论，完全解除了原来的生态环境，甚至解除了性的环境，进入另一种想像性的快慰之中，一种充满火药味的梦幻之中。

■人的身体是**徐文涛**一贯的关注点。他总是把这种独特的人文关怀以画面形象的方式进行生动的表述。他直接切入当下人类普遍的生存境遇，回应人的身体与现实产生的种种冲突，使作品获得更为广泛的视觉传达和干预社会现实的话语权力。而他在风格化方向的努力，似乎也加重了作品的人性内涵。■面对徐文涛诡异、暧昧、亦真亦幻的人体镜像，观众极易迷失在虚幻与真实之间，无法将自己真正置身度外。显然，徐文涛不断地暴露身体的无助，他对身体的这种照片影像式的客观描述，有效地屏蔽了身体的传统意义，使人对人的身体突然产生陌生感，从而生发出重新认知身体的欲望。**（顾振清）**

同一形态的复本 No.6　154cm × 197cm　2001 年

徐 文 涛 作 品

同一形态的复本 No.7　154cm × 197cm　2001 年

徐 文 涛 作 品

同一形态的复本 No.12　154cm × 197cm　2001 年

徐 文 涛 作 品

同一形态的复本 No.9　154cm × 197cm　2001 年

徐文涛作品

同一形态的复本 No.3　197cm × 154cm　2001 年

徐 文 涛 作 品

当具体到全景与局部、整体与细节以及时空推移所需视点的高低远近等交替时，存在特定的规律性。形体的伸缩与色彩的冷暖的不确定性融合，构成画面的精神性。抽象概括的再现，形成了我的抽象艺术方法，作品有着微妙的变化与连续性。

■在当代艺术领域中，抽象油画已成为最难创作的艺术形式之一，尤其是优秀的抽象油画，要想有好的创作谈何容易。油画，尤其是抽象油画似乎已经达到极致，不可能再有创新了，一些画家对此深感绝望。彩虹的颜色、狂暴的或者使人欢快的水滴、充斥着焦虑的干扰、忧郁和概念的空虚，无异于几何智力图形，所有这一切，都曾出现在油画画布上。抽象在本质上是关于形式、色彩和纹理的，是感觉的愉悦，是内心深处的反应，而不是直接的智力反应。虽然排列是无止境的，但也并不是无穷无尽的。■**徐宏民**的画是抽象的。其作品的基调是：图案、几何的平衡以及狭小得几乎完全单色的色彩范围。但在他的作品中，当这一切融合在一起时，就会产生惊人的效果。许多传统的抽象手法要么是否认"空间"，要么旨在实现一种抽象的空间意识，与它们相比，徐宏民的作品中包含着不可否认的结构空间。在标识这些空间时，作品通过具体的现实，实现了自我调整，而且还留有想像的空间。空间一律包括一个延伸到远方地平线的宽广前景。直线、对角线、透视线，迂回潜入在蜿蜒的波浪中，绵延至画布的顶端，直到消失在观念的视野之外。虽然，没有任何标记来指示位置，但这些巨大的空间还是与中国联系起来了，如皇宫中的墓碑区、东部陵墓的鹅卵石通道、城市广场的石板等等。这赋予作品更大的广度，因为抽象几乎不包含民族精神。
■徐宏民从 1993 年起就一直采用这种独特的风格，并且对其做了巨大改进，已达到了成熟的境界，并使之成为日益增长的作品的主体。这些画有时候看起来似乎很单调，但如果灯光合适，您就会发现它们非常生动。在现实中，为人们提供抚慰的就是这些更为雅致的日常风景。（**凯伦**）

不确定的圆形 黑灰二 96cm × 475cm 2000 年

徐宏民作品

可伸展的圆形 黑灰三　96cm × 475cm　1999 年

徐宏民作品

不确定的圆形 白灰三　96cm × 475cm　2000 年

徐宏民作品

不确定的圆形 白灰三　96cm × 475cm　2000 年

徐宏民作品

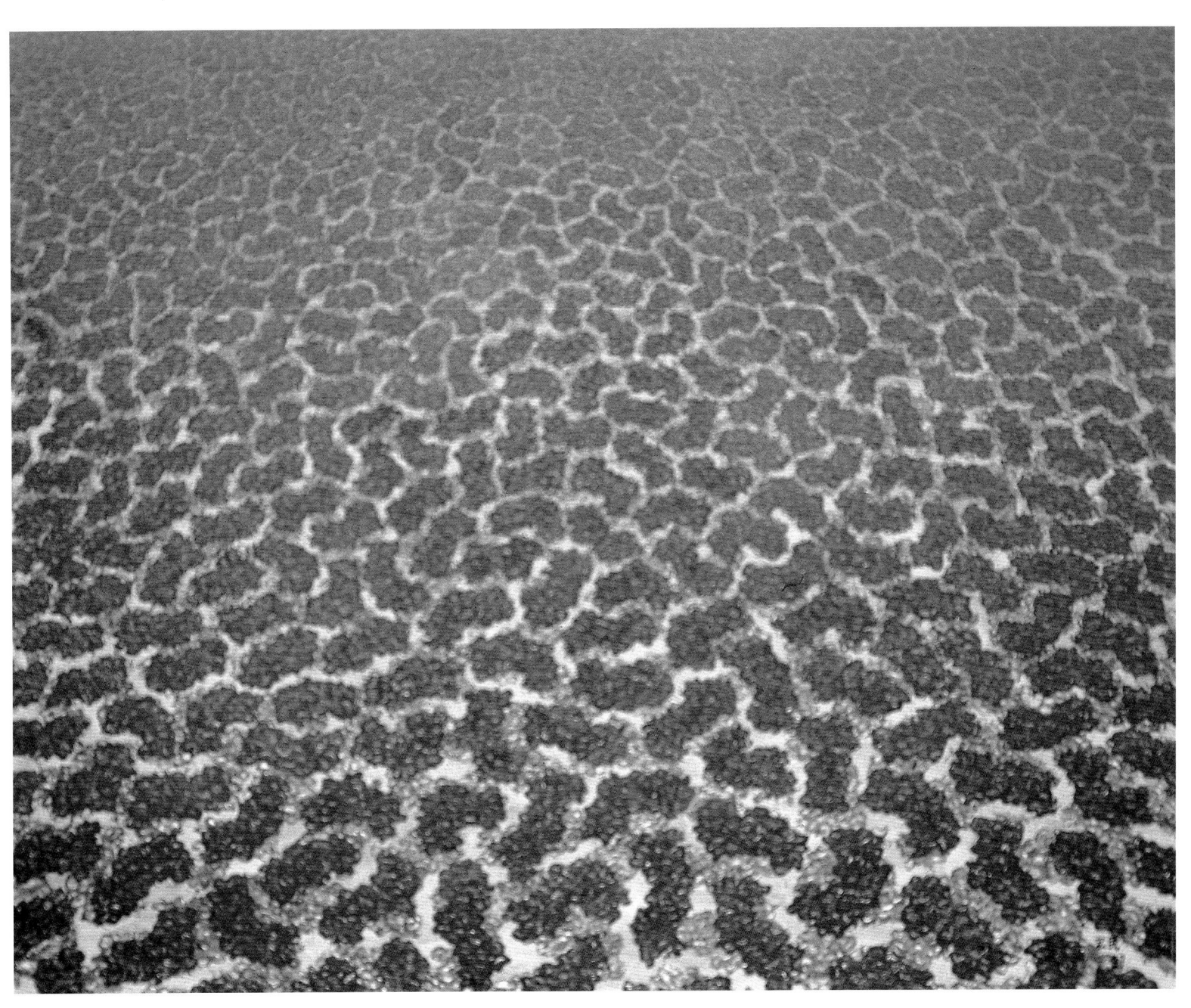

一种形态　160cm × 200cm　1995 年

徐宏民作品

■在艺术这个范畴里没有所谓的公允和准确，所以煞有介事的过分严肃只会显得软弱无力，过分的提升某种意义有点像是吹牛似的个人炫耀。种种观念意义都是暂时的，没有什么不可改变，没有绝对性的东西。■艺术作品中剩下一点个人化的东西，可能就是选择，选择的过程当中掺杂着怀疑、影响、判断……■个人思考实践的时候，完成的东西未必是自己的初衷；甚至解释的时候，在绘画和语言上也不能严格吻合，所以说唯一不变的原则就是变化。

■年轻艺术家**秦琦**在图片编辑者和油画家之间游荡着的、混淆不清的角色往往使观众迷惑，有时也让作者本人迷惑。这种编辑不同图片之间的关系有时脱离出日常的经验，有时甚至变得无可无不可而失去选择的标准。画面中的局部像是用 PHOTOSHOP 拼起来的、原本不相干的东西。虽然它们被处理后彼此好像是在一起的，但是仍然看起来有些不太情愿而同时又无动于衷。它们仍然部分地滞留在彼此原来各自的空间中，一副囚犯想家失魂落魄的样子。这使画面看上去有些夹生，有些焦虑和伤感。不管怎样评价这种情况，起码这跟年轻画家的自身状态很像。（**王兴伟**）

玩笑　160cm × 110cm　2003 年

秦琦作品

夸大的尾巴　170cm × 120cm　2003 年

秦琦作品

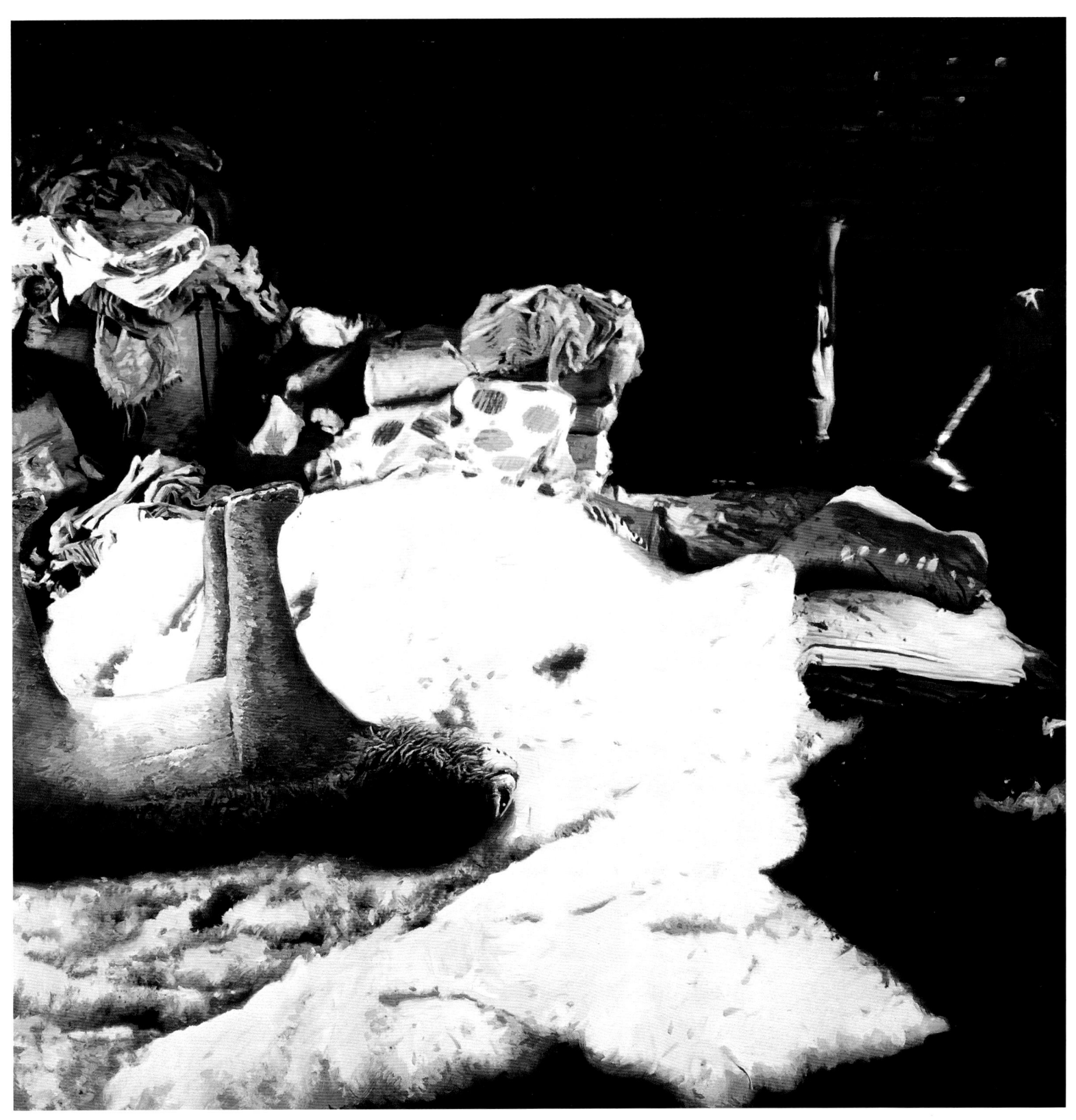

错乱的光　110cm × 110cm　2003 年

秦 琦 作 品

打乱它们　250cm × 380cm　2003 年

川无停流　250cm × 380cm　2002 年

秦 琦 作 品

■人总是生活在一个具体的时代和社会中的，人们的言行举止、喜怒哀乐、内心状态、价值观念等无不深深打上这个时代和社会的烙印。经历了20世纪中国社会政治频繁动荡，具有五千年悠久文明的中国传统文化和人格精神遭到了严重的断裂和消解。最近二十多年的改革开放，一方面经济上得到迅猛的发展，另一方面却是中国社会在遭遇西方文明和全球商业文化强势冲击后，人们物质上的丰富和精神上的破碎的鸿沟进一步加剧。人们在几乎可能同步享受全球时尚生活的同时，却缺乏有效的价值观念和精神信念来支撑我们的内心世界，丰富的物质世界和无尽的消费欲望让我们沉醉与满足，却也使我们更加无所适从，我们总是在不安地东张西望。我们似乎正在得到整个世界，可是我们似乎也正在失去自己。《肖像》不是某个具体的人的肖像，而正是生活在20世纪末21世纪初的人们表面浮华晶亮艳丽光鲜，内心状态却复杂微妙甚至空洞而茫然，左顾右盼东张西望的社会肖像！

■2003年，**俸正杰**创作了《肖像》，一些普通阶层的年轻人的大头像。他早期惯于使用的艳丽色彩不见了，背景被减小到最低限度，引人注意的只有眼睛和嘴唇，它们是交流情感的主要渠道。观察这些人物，我们就会明白他们内心深处的不自在，即便画面整体看起来很美丽。"我要表现的是这个时代的庸俗，是这个非常不稳定的、内心脆弱的时期"。我们从这些眼睛里看到恐惧，就像从女青年的眼中看到的一样。"中国人需要一个重新组织起来的阶段，为了保护自己，为了稳定下来"。俸正杰解释说，"表面上看，他们和别人一样，他们追随西方最新潮的时尚，但是我们正在经历一个寻找的过程。我们应当找到自己的价值"。于是，《肖像》由此而得名。**（蒲皓林）**

肖像一号　91cm × 91cm　2003 年

俸正杰作品

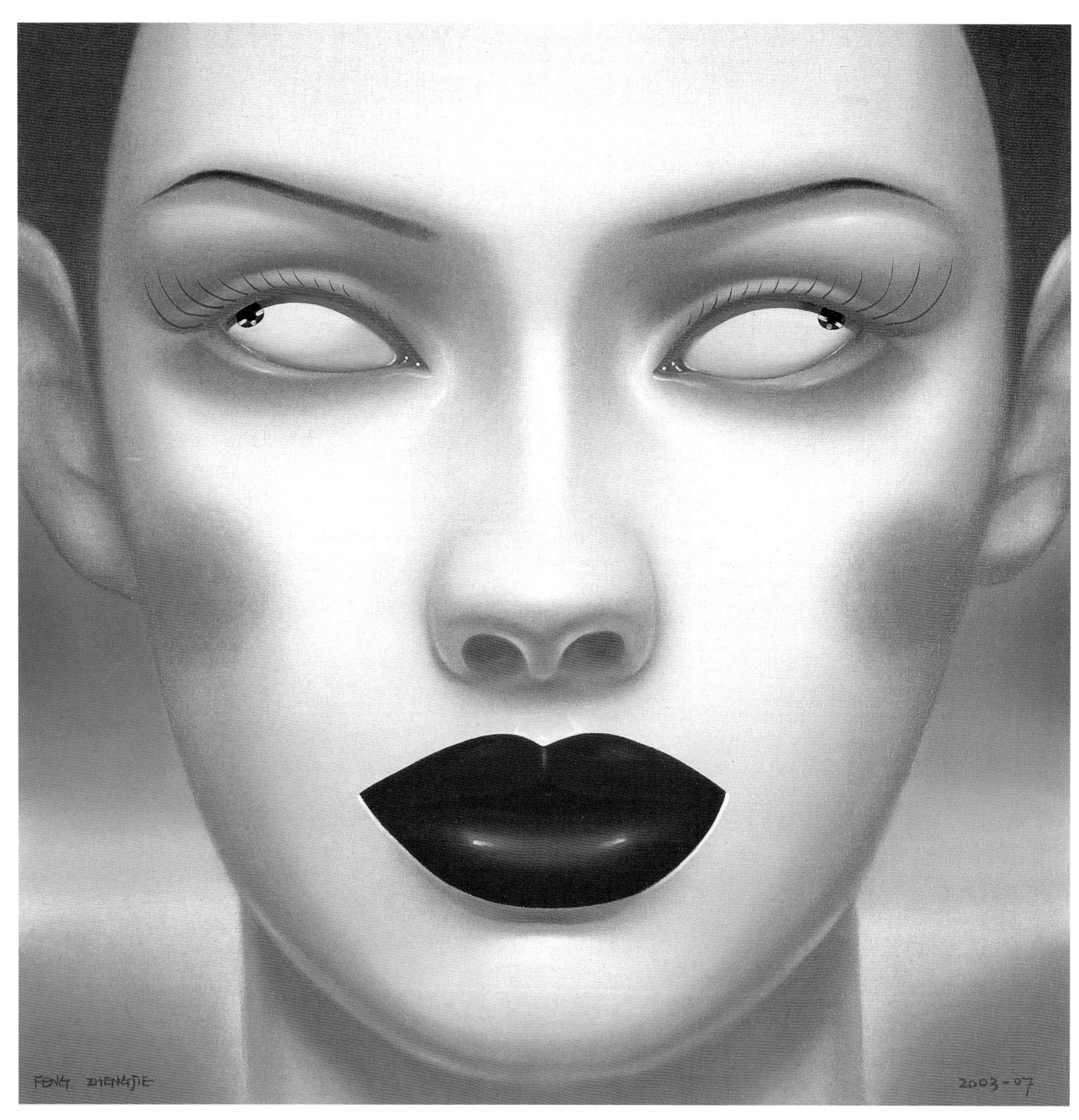

肖像二号　91cm × 91cm　2003 年

俸正杰作品

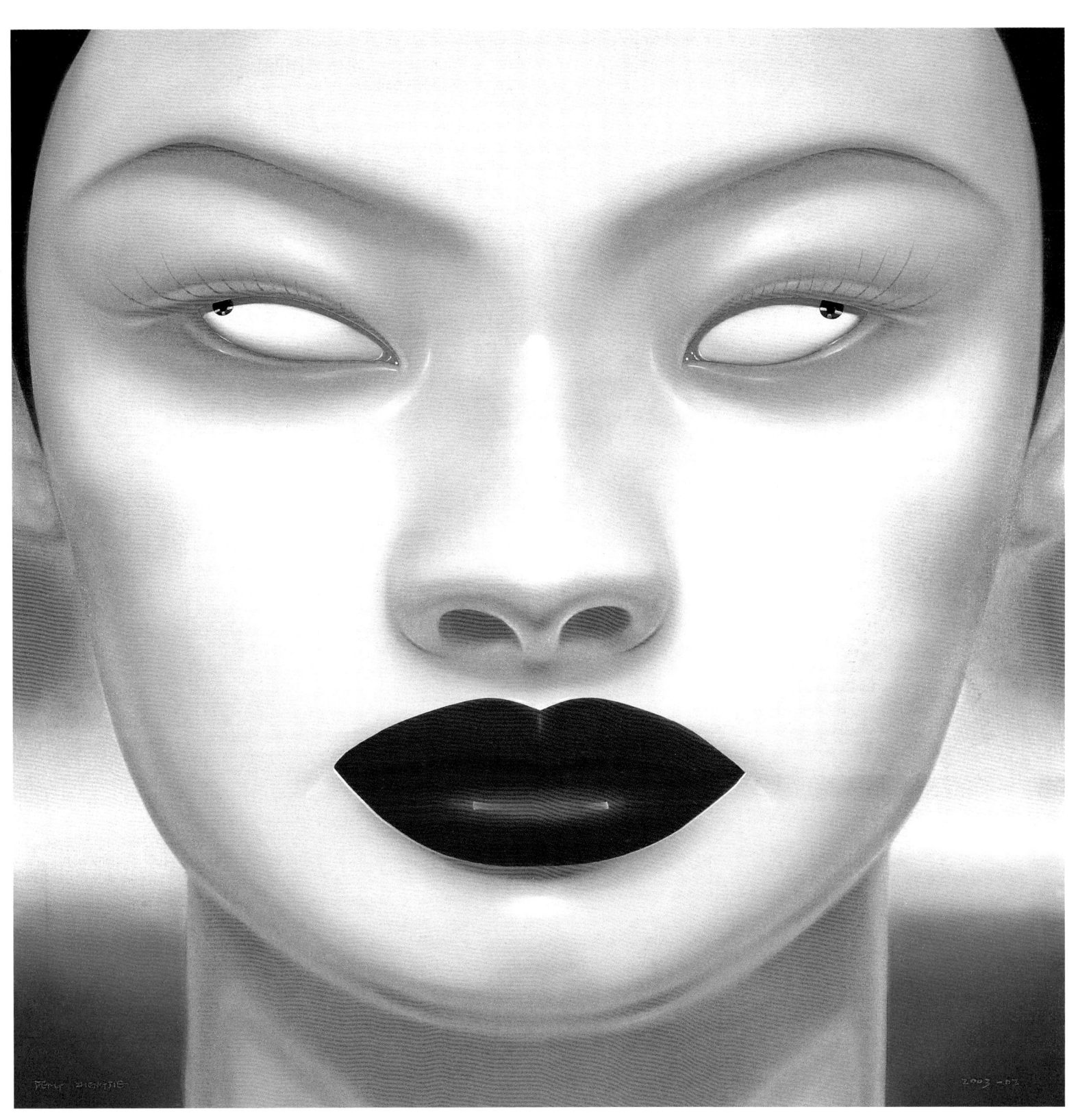

肖像三号　150cm × 150cm　2003 年

俸正杰作品

肖像四号　150cm × 150cm　2003 年

俸正杰作品

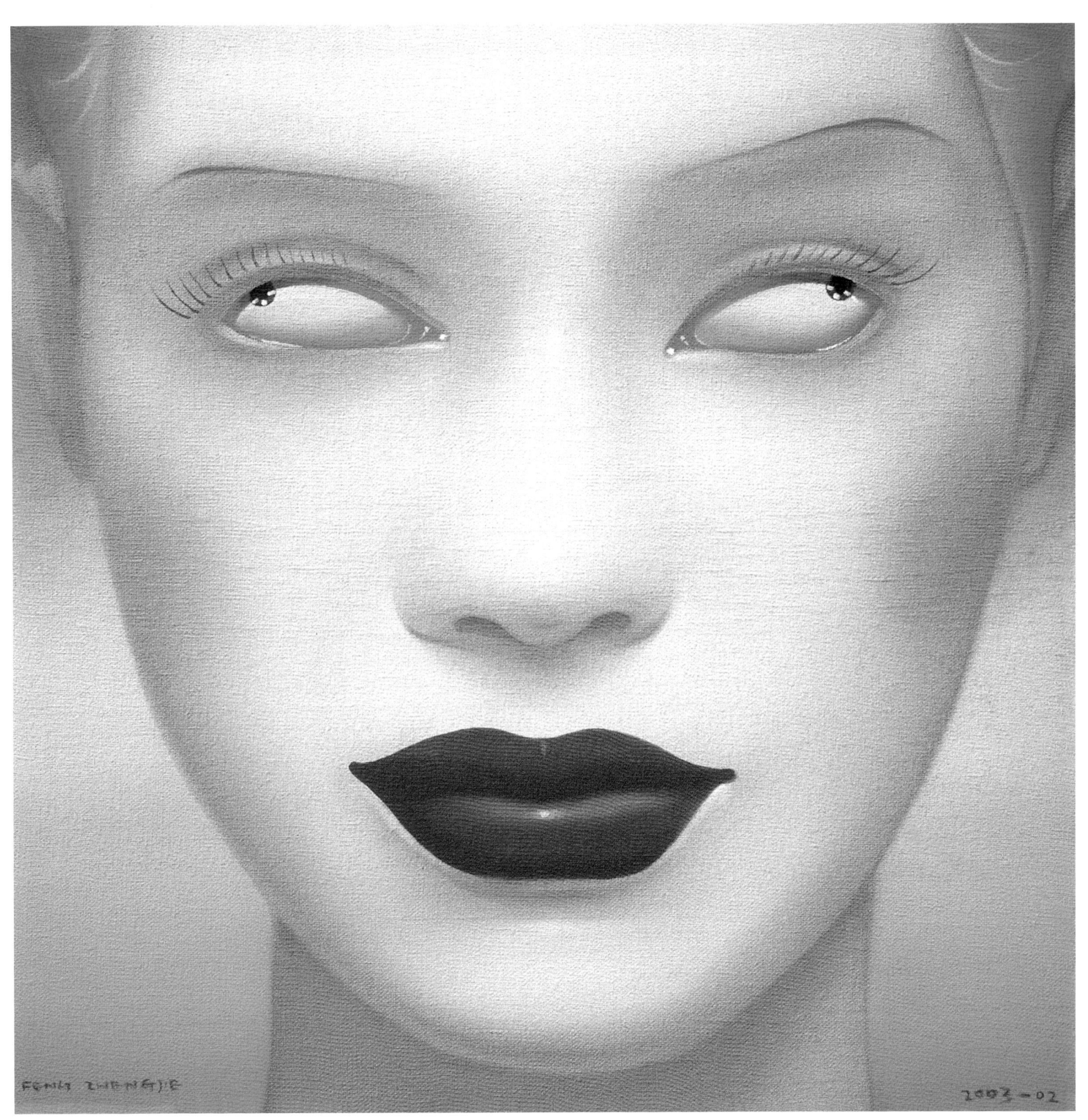

肖像六号　150cm × 150cm　2003 年

俸正杰作品

■从无意义的观视零点出发，到物象以各种方式呈现之间，总有那一稍纵即逝的涌现，我们正是要留住这种涌现。我所渴望的便是将那运动着的、欲逃离的、将消逝的瞬间永驻画布，并不断回溯到那原初的瞬间，以其自然的生成方式显示自身，而保持其鲜活、灵动的特质。即使在延伸的视域和时空的流变当中，依然能回溯到"看"的悬而未定的状态。这样我们就站在了无意义的"看"和艰难的"看到"之间。

■我们在**黄庆**的画面中看到了这种"看"的居间性，那朦胧的匆匆一瞥，那被无数个这样的一瞥所叠映出来的事物，以及这种叠映所悄然开启的视域和胸襟。黄庆的"摸索"已不仅仅是关于个人之"看"的摸索，它

肌肤系列之十一　200cm × 182cm　2002 年

黄庆作品

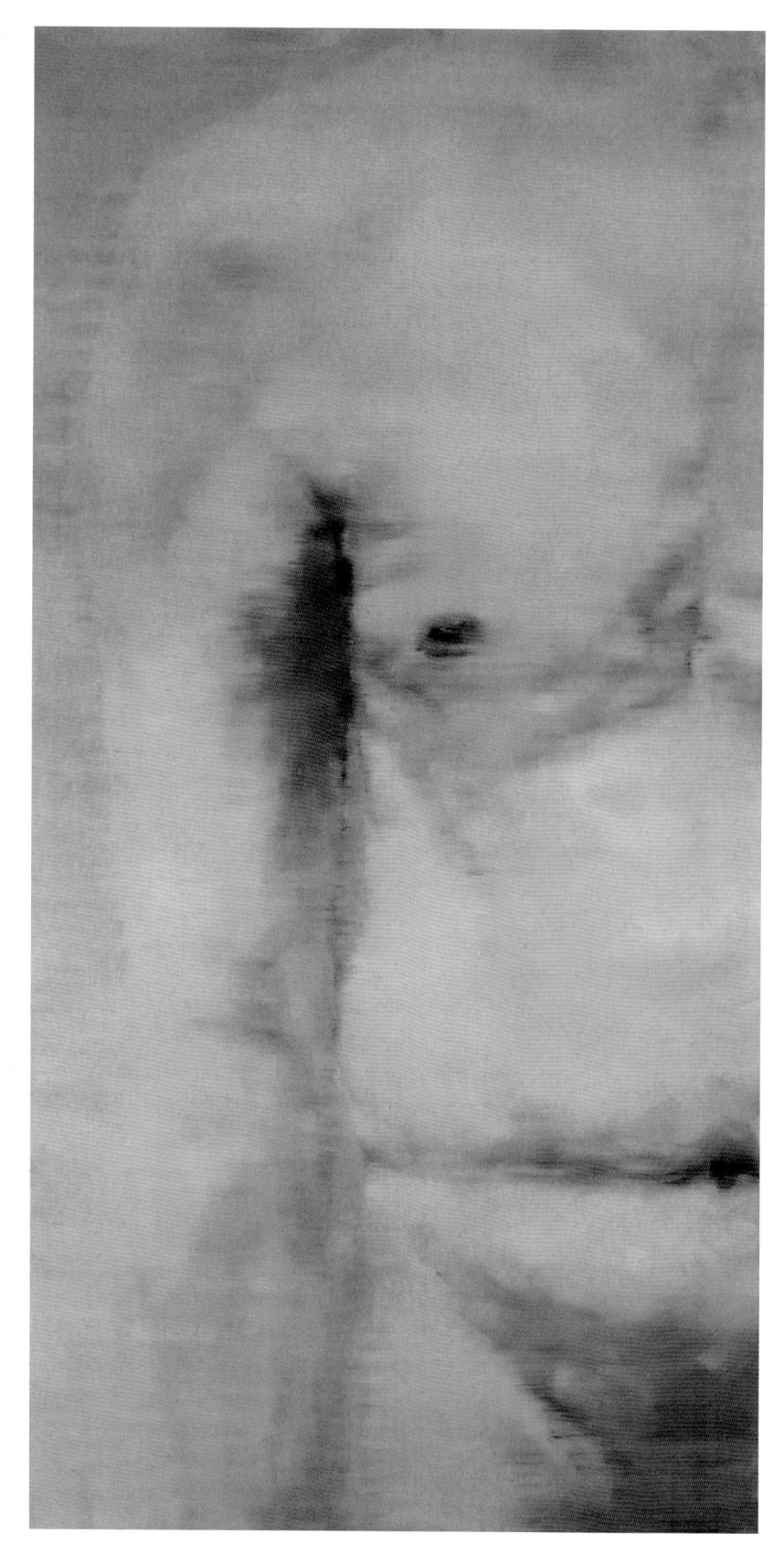

肌肤系列之五 260cm × 130cm 2002 年

黄庆作品

肌肤系列之十　200cm × 182cm　2002 年

黄庆作品

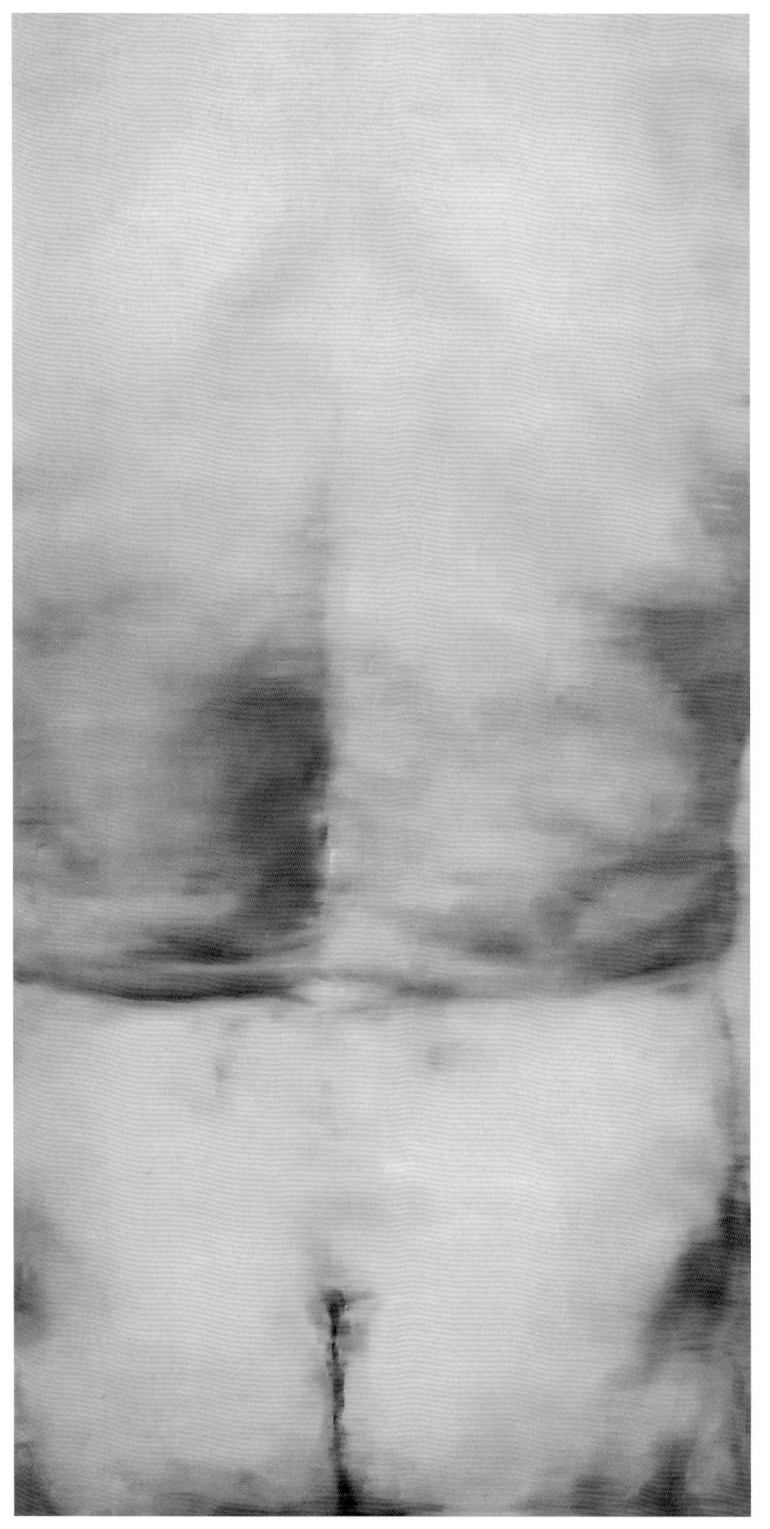

肌肤系列之七　260cm × 130cm　2002 年

肌肤系列之六　260cm × 130cm　2002 年

黄 庆 作 品

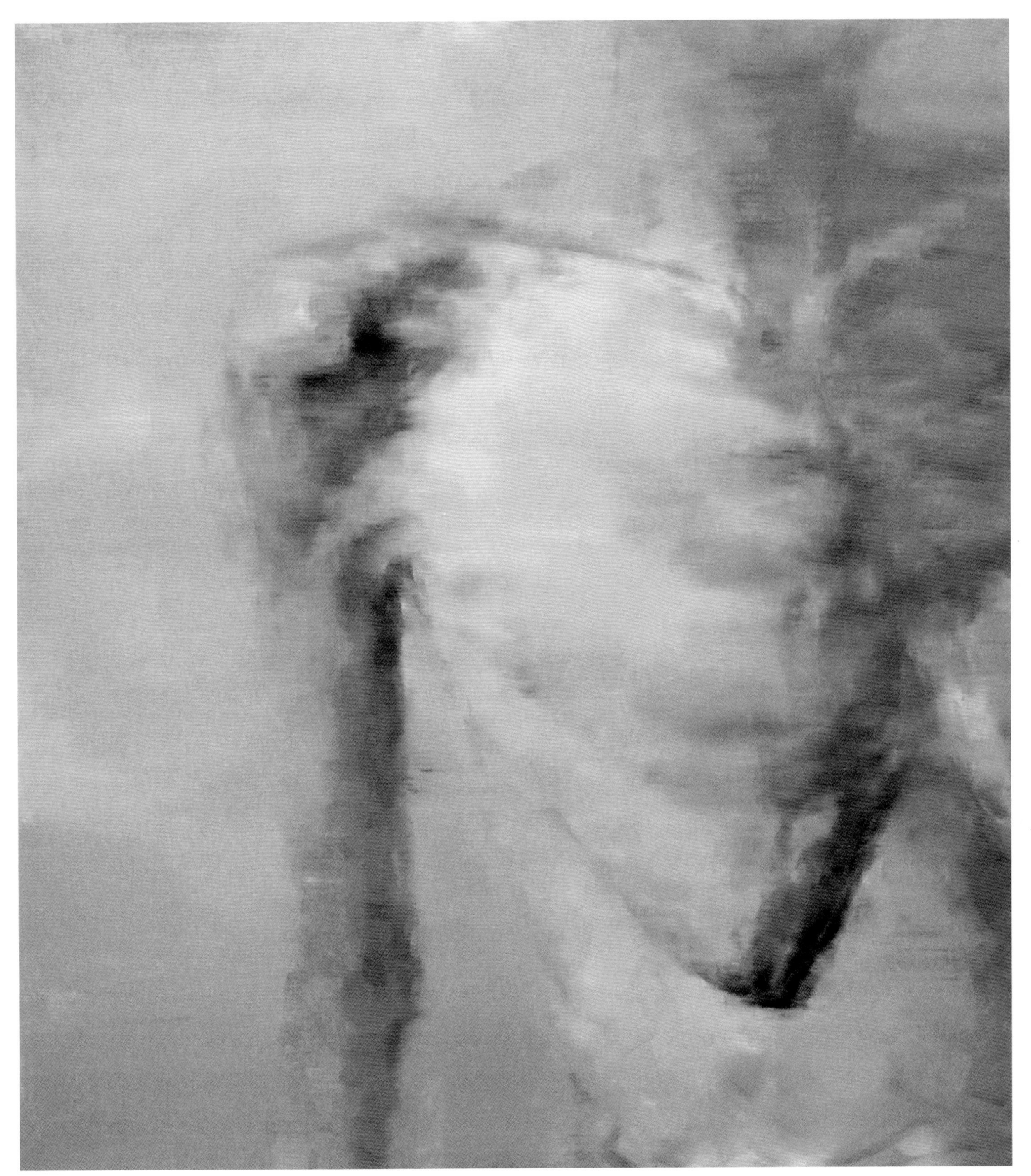

肌肤系列之九　200cm × 162cm　2002 年

黄 庆 作 品

■20世纪70年代后出生的青春一族有着全新的人生观。他们成长在一个风平浪静的时代，其生活经历和关注对象也因此与上一代迥异。他们的精神生活里没有忍辱负重、牺牲成全，有的是个性张扬、色彩人生的需求。尤以无忧患意识为甚，无忧患意识成为他们通用的风貌，不关心政治，不考虑将来，追求随心所欲。如果说有什么使过去美术作品中晦涩隐喻的手法弱化了，则绚丽的色彩、平面化技术方式、流行般的生活画面功不可没。

■**熊莉钧**用"无厘头"来标识自己的画，恰到好处地说明了这一代画家精神和情感的说不清、无所谓的状态。她的画也呈现出这一代人麻木表象下的灵动敏感，她个人的率性直奔点醒了这一代的集体无意识。■熊莉钧的画在主观上排斥抛弃掉导师们的实体依附性和画布旨趣的玩味，有意识地抛开逻辑环链和叙事意图，只追逐人生的瞬间快意和当下临界状态。她的画中显露出青春的自我放逐和浮尘游戏，画布上写实传统的油色旨趣空间层次都被放弃掉，呈现出卡通的渲染效果和人物的动画视效。人物的神色肌肤不随环境制造空间美感，而充满情绪化观念化的燥色平涂。画面透视也遵循着"无厘头"的自由规则和快意刺激的张力原则，显出极其夸张恣肆的视效。（**牟群**）

波西米亚风之十　160cm × 200cm　2003 年

熊莉钧作品

波西米亚风之八　160cm × 200cm　2003 年

熊莉钧作品

波西米亚风之六　200cm × 160cm · 2003 年

熊莉钧作品

波西米亚风之九　200cm × 160cm　2003 年

熊莉钧作品

波西米亚风之五　200cm × 160cm　2003 年

简历

尹朝阳

1970 年生于河南南阳

1996 年毕业于中央美术学院版画系

现居北京，职业艺术家

个展

2001 年 "神话" （北京）

2002 年 "一代" （上海）

重要参展

1999 年 "新锐的目光——1970 年前后出生的一代" （北京）

2001 年 "第一届成都双年展" （成都）

2002 年 "青春残酷绘画" （上海）

"亚细亚说论" （韩国）

付泓

1968 年出生于湖北汉川

1997 年毕业于湖北美术学院，获硕士学位

1997 年在湖北美术学院任教

2001 年后在清华大学美术学院绘画系第四研究室学习

重要参展

1997 年 "中国油画肖像艺术百年展" （北京）

"走向新世纪——中国青年油画展" （北京），获奖

2001 年 "无焦点" （武汉）

"界面·5" （北京）

2002 年 "湖北青年艺术家绘画展" （北京）

2003 年 "携手新世纪——第三届中国油画展" （北京）

"今日中国美术" （北京）

江衡

1972 年生于广东普宁

1996 年毕业于华南师范大学美术系

1997 年就读于华南师范大学美术研究所研究生班

现任教于广东工业大学

个展

2001 年 "江衡油画展" （广州）

"江衡油画艺术展" （上海）

"青年艺术家个人邀请展" （香港）

重要参展

1996 年 "中国·卡通一代联展" （广州）

1998 年 "中国·卡通一代第三次展" （广州）

1999 年 "中国当代油画展" （北京）

"中国当代艺术家学术邀请展——CHINA46" （上海、澳大利亚墨尔本、台北）

2000 年 "后新生代与新世纪·广东展" （广州）

"艺术中的个人与社会——中国十一位青年艺术家作品展" （广州）

"2000 年帕多瓦·中国当代绘画展" （意大利帕多瓦）

"2000 年广东油画艺术大展" （广东美术馆）

2001 年 "过渡中的年轻人——中、德、英艺术家交流展" （深圳）

"对话、冲突与包容——中国现当代艺术展" （意大利曼多瓦）

"第一届成都双年展" （成都）

"中国当代艺术第六届文献方案展" （上海、北京）

2002 年 "第十七届亚洲国际艺术展" （韩国）

"新都市主义" （广州）

2003 年 "2003 年广东油画艺术展" （广州）

"携手新世纪——第三届中国油画展" （北京）

"第十八届亚洲国际艺术展" （香港）

收藏

广东美术馆、何香凝美术馆、意大利曼多瓦青年美术博物馆

李大方

1971 年生于辽宁沈阳

1993 年毕业于沈阳大学师范学院

2000 年毕业于鲁迅美术学院油画系

个展

1998 年 "李大方油画展" (沈阳)

1999 年 "李大方油画展" (沈阳)

2000 年 "李大方油画展" (沈阳)

2001 年 "李大方油画展" (上海)

重要参展

1991 年 "首届中国油画年展" (北京)

1995 年 "广州中国油画双年展" (广州)

"阿蒙拿画廊交流展" (法国)

2000 年 "大连国际艺术展" (大连)

"小报告文件艺术展" (北京)

"上海艺术展" (上海)

2001 年 "第一届成都双年展" (成都)

"柏林艺术博览会" (德国柏林)

2002 年 "巴塞尔艺术博览会" (瑞士巴塞尔)

2003 年 "第三届中国油画展" (北京)

何森

1968 年生于云南

1989 年毕业于四川美术学院师范系

现工作、生活于成都

个展

1992 年 首届个展 (重庆)

2000 年 "那些女孩——东便门当代艺术" (北京)

2001 年 "场景——何森作品展" (上海)

2002 年 "何森个展" (法国巴黎)

2003 年 "女孩·玩具·烟——何森新作展" (北京)

重要参展

1992 年 "首届 90 年代艺术双年展" (广州)

"第二届中国当代艺术文献资料展" (广州)

1993 年 "后 89 中国新艺术展" (香港)

"首届中国油画双年展" (北京)

1995 年 "中国当代油画年展——从现实主义到后现实主义

首展" (比利时布鲁塞尔)

1999 年 "上河美术馆学术邀请展" (成都)

"新锐的目光——1970 年前后出生的一代" (北京)

2000 年 "世纪之门——中国艺术邀请展" (成都)

"艺术中的人与社会" (广东)

余旭鸿

1975 年生于浙江开化

2000 年毕业于中国美术学院油画系

2003 年中国美术学院油画系研究生毕业，获硕士学位

现为中国美术学院教师、巴黎国际艺术家协会委员

重要参展

2000 年 "中日——人与自然油画展" (杭州)

2001 年 "北京中国艺术博览会" (北京)

2002 年 "视觉的方向邀请展" (法国巴黎)

"进行时态——浙江当代青年油画邀请展" (杭州)

2003 年 "探索·前瞻——2003 浙江油画大展" (杭州)

"中国美术学院国画系油画系研究生作品展" (上海)

"携手新世纪——第三届中国油画展" (北京)

张小涛

1970 年生于四川合川
1996 年毕业于四川美术学院油画系
任教于成都西南交通大学
现工作生活于北京、成都

个展

2000 年 "快乐时光"（法国巴黎）
　　　 "虚构的影像"（美国奥克兰）
　　　 "快乐时光"（德国慕尼黑）
2001 年 "梦里的花儿"（日本东京）
　　　 "放大的道具"（北京）
2002 年 "欲望"（德国 MUENSTER KUNST AKADEMIE）
2003 年 "唯物主义的糜烂"（法国巴黎）

重要参展

1999 年 "上河美术馆´99学术邀请展"（成都）
2000 年 "2000 年中国当代艺术展"（成都）
　　　 "2000 年当代艺术国际交流展"（南京）
　　　 "梦和画意之间"（德国卡朋伯格美术馆）
2001 年 "上下左右女性及其他"（成都）
　　　 "重新洗牌"（深圳）
　　　 "梦——中国当代艺术展"（英国伦敦）
　　　 "过渡中的青年"（深圳）
2002 年 "梦——中国当代艺术展"（英国曼切斯特）
　　　 "韩国当代艺术节"（韩国汉城）
　　　 "中国艺术三年展"（广州）
　　　 "北京——浮世绘"（北京）
2003 年 "差异"（上海）
　　　 "再造 798"（北京）
　　　 "被制造的快乐"（北京）

季大纯

1968 年生于江苏南通
1993 年毕业于中央美术学院油画系第四画室

个展

1999 年　日本东京
2000 年　中国上海
　　　　英国伦敦
2002 年　中国上海

重要参展

1993 年 "首届中国油画双年展"（北京）
　　　 "第二届中国油画年展"（北京）
1996 年 "现实：中国今天与明天——中国当代艺术"（北京）
1997 年 "其他的现代艺术"（德国柏林）
1998 年 "中国当代画家联展"（上海）
1999 年 "新锐的目光——1970年前后出生的一代"（北京、
　　　　深圳）
2000 年 "上海双年展"（上海）
2001 年 "巴塞尔艺术博览会"（瑞士巴塞尔）
　　　 "芝加哥艺术博览会"（美国）
　　　 "第一届成都双年展"（成都）
2002 年　联展（日本冲绳）
2003 年 "中国当代艺术的延伸"（韩国釜山）
　　　 "中国当代艺术"（澳大利亚）

钟飙

1968 年生于重庆
1991 年毕业于中国美术学院油画系
现任教于四川美术学院油画系

个展

1996 年 "生命寓言"（重庆）
1997 年 "生命寓言"（香港）
2001 年 "偶然存在"（香港）

重要参展

1990 年 "第二届中国体育美展"（北京）
　　　 "中国油画精品展"（日本东京）
1993 年 "首届中国油画双年展"（北京）
1994 年 "第八届全国美展"（成都）
1995 年 "´95 香港亚洲艺术博物馆"（香港）
　　　 "中国当代油画年展——从现实主义到后现实主义
　　　　首展"（比利时布鲁塞尔）
1996 年 "´96 迈阿密艺术博览会"（美国迈阿密）
　　　 "首届中国油画学会展"（北京）
1997 年 "走向新世纪——中国青年油画展"（北京）
1998 年 "困惑——中国当代绘画摄影展"（荷兰阿姆斯特丹）
　　　 "亚洲先锋艺术展"（英国伦敦）
1999 年 "上河美术馆´99学术邀请展"（成都）
　　　 "新锐的目光——1970年前后出生的一代"（北京）
　　　 "第九届全国美展"（上海）
　　　 "东北亚及第二世界国际美术展"（韩国汉城）
2000 年 "世纪之门——1979—1999中国艺术邀请展"（成都）
　　　 "鸿沟——中国当代艺术展"（荷兰格罗宁根）
　　　 "艺术中的个人与社会——中国十一位青年艺术家
　　　　作品展"（广州）
2001 年 "中国当代绘画艺术展"（巴西圣保罗）
　　　 "重庆辣椒艺术展"（德国卡塞尔）
　　　 "下一代——东亚当代艺术展"（法国巴黎）
　　　 "旧金山艺术博览会"（美国旧金山）
2002 年 "迈阿密艺术博览会"（美国迈阿密）
　　　 "芝加哥艺术博览会"（美国芝加哥）
　　　 "中国当代绘画艺术展"（秘鲁利马）
　　　 "长征——一个行走中的视觉展示"（瑞金、延安）
　　　 "亚洲当代艺术博览会"（新加坡）
　　　 "中国艺术三年展"（广州）
　　　 "东西——中国当代艺术展"（奥地利维也纳）
2003 年 "芝加哥艺术博览会"（美国芝加哥）
　　　 "携手新世纪——第三届中国油画展"（北京）

赵能智

1968 年出生于四川南充

现工作生活于成都

个展

2000 年 "表情个展" (上海)

2001 年 "赵能智个展" (英国伦敦)

重要参展

1993 年 "首届中国油画双年展" (北京)

1994 年 "切片艺术展" (重庆)

1996 年 《江苏画刊》新人奖

1998 年 "三张年青面孔" (香港、台北)

　　　　 "困惑——中国当代绘画摄影展" (荷兰阿姆斯特丹)

　　　　 "黑与白——中国当代艺术大展" (英国伦敦)

1999 年 "'99 世界财富论坛——当代艺术展" (上海)

　　　　 "'99 国际艺术展" (美国波士顿)

　　　　 "解放、开放的边界" (英国伦敦)

　　　　 "像物质一样美丽——中国新观念艺术展" (上海)

　　　　 "上河美术馆 '99 学术邀请展" (成都)

2000 年 "中、港、台的表[面]艺术" (台北)

　　　　 "世纪之门——1979—1999 中国艺术邀请展" (成都)

　　　　 "成都运动" (荷兰阿姆斯特丹)

2001 年 "艺术大不同" (新加坡)

　　　　 "男孩女孩" (昆明、新加坡)

　　　　 "巴塞尔艺术博览会" (瑞士巴塞尔)

2002 年 "青春残酷绘画" (上海)

　　　　 "中国新观念摄影展" (平遥)

　　　　 "2002 苏黎世国际当代艺术博览会"

　　　　 "于千年之缘——来自中国的新艺术" (纽约、伦敦)

徐文涛

1968 年生于武汉

1999 年毕业于湖北美术学院油画系，获硕士学位

同年获罗中立油画奖学金

现任教于湖北美术学院

重要参展

2001 年 "第一届成都双年展" (成都)

　　　　 "界面 · 5" (北京)

2002 年 "走出迷失展" (北京)

　　　　 "成都双年展精品展" (北京)

2003 年 "2003 马德里当代艺术博览会" (西班牙马德里)

　　　　 "中国当代艺术展" (意大利米兰)

徐宏民

1971 年生于湖南

1991 年于中央美术学院雕塑创作室进修

1992 年在河西走廊研究古代壁画与雕塑

现居北京，职业艺术家

重要参展

1998 年 "堆积" (北京)

1999 年 "创新 2" (北京)

2001 年 "新画廊开幕" (北京)

2002 年 "徐宏民作品展" (北京)

2003 年 "中国极多主义" (北京)

　　　　 "念珠与笔触" (北京)

秦琦

1975 年生于陕西

1991 年就读于西安美术学院附中

1995 年就读于鲁迅美术学院油画系

1999 年就读于鲁迅美术学院油画系研究生班

重要参展

1999 年 "北方艺术邀请展" (沈阳)

2000 年 "小报告文件艺术展" (北京)

　　　　 "北方艺术邀请第二回合展" (沈阳)

　　　　 "K 空间首回合展" (沈阳)

2001 年 "第一届成都双年展" (成都)

俸正杰

1968 年生于四川

1992 年毕业于四川美术学院美术教育系

1995 年四川美术学院油画系研究生毕业，获硕士学位

现为北京教育学院美术系讲师

个展

1996 年 "皮肤的叙述"（北京）

2001 年 "酷"（加拿大温莎）

2002 年 "包装"（北京）

"俸正杰作品展"（立陶宛维尔纽斯）

"作品 1996 — 2001"（挪威卑尔根）

重要参展

1992 年 "中国当代艺术研究文献展"（广州）

1994 年 "第二届中国油画展"（北京）

1995 年 "第三届中国油画展"（北京）

1998 年 "北京青年油画家邀请展"（北京）

1999 年 "46 位中国当代艺术家学术邀请展"（上海）

"艺术无国界"（澳大利亚墨尔本）

"精神食粮——当代中国艺术展"（荷兰埃因霍温）

"中国当代艺术展"（瑞士苏黎世）

2001 年 "第一届成都双年展"（成都）

"艺术 2001"（新加坡）

"与达利对话"（上海）

"下一代——东亚当代艺术"（法国巴黎）

"中国肖像"（法国巴黎）

"男孩女孩"（昆明、新加坡）

"中国当代艺术"（西班牙 VALLE QUINTANA）

"胭脂"（法国巴黎）

2002 年 "首届广州当代艺术三年展"（广州）

"上海艺术博览会"（上海）

"国际当代艺术博览会"（澳大利亚墨尔本）

"中国艺术"（德国杜伊斯堡）

"巴黎—北京"（法国巴黎）

"中国的现代性"（巴西圣保罗）

"像中国波普"（澳大利亚悉尼）

"国际当代艺术博览会"（美国芝加哥）

"与亚洲对话"（挪威奥斯陆）

黄庆

1969 年生于河南新乡

1996 年毕业于中国美术学院油画系

2002 年中国美术学院油画系研究生毕业，获硕士学位

现任教于中国美术学院

重要参展

1997 年 "走向新世纪——中国青年油画展"（北京）

1998 年 "中国美院 70 周年校庆展览"（杭州）

"中日——人与自然画展"（杭州）

2001 年 "以未来名义——当代青年油画邀请展"（杭州）

"视觉的方向——邀请展"（杭州）

"浙江省第五届全国体育美展"（杭州）

"浙江省庆祝建党八十周年作品展"（杭州）

"全国庆祝建党八十周年作品展"（北京）

"第一届成都双年展"（成都）

2002 年 "全国美术学院首届油画优秀毕业生联展"（深圳）

"进行时态——青年油画邀请展"（杭州、上海）

2003 年 "探索、前瞻——2003 浙江油画大展"（杭州）

"携手新世纪——第三届中国油画展"（北京）

获奖及发表情况

作品曾获 "中日——人与自然" 画展佳作奖

作品曾获全国庆祝建党八十周年作品展大奖

作品曾发表于《美苑》、《新美术》、《艺术界》和香港《二十一世纪》等刊物上。

熊莉钧（女）

1975 年生于重庆

1997 年毕业于四川美术学院油画系

2002 年四川美院油画系研究生毕业，获硕士学位

重要参展

1996 年 "纪念红军长征胜利 60 周年美展"（成都）

1999 年 "诺基亚——我看未来美展"（北京）

2000 年 "重庆市人体艺术展"（重庆）

2001 年 "GB 架上作品展"（重庆）

"守望情感——五人架上作品展"（成都）

2002 年 "中韩国际交流展"（重庆）

"重庆美术馆开馆展——耐人寻味的艺术"（重庆）

"首届全国美术学院油画专业毕业生优秀作品展"（深圳）

2003 年 "携手新世纪——第三届中国油画展"（北京）

"中国第三届油画展重庆首届油画展"（重庆）

图书策划／苏　旅
特约编辑／鲁　虹
责任编辑／林柳源
装帧设计／胡　马
责任校对／尚永红　陈小英　刘燕萍
责任印刷／吴纪恒　凌庆国

图书在版编目(CIP)数据

图像的图像：2003 中国当代油画邀请展作品集／
鲁虹编. — 南宁：广西美术出版社，2003.9
ISBN 7 - 80674 - 423 - 1

Ⅰ.图... Ⅱ.鲁... Ⅲ.油画 - 作品集 - 中国 - 现代
Ⅳ.J223

中国版本图书馆CIP数据核字(2003)第080501号

图像的图像

—— 2003 中国当代油画邀请展作品集

编著／深圳美术馆
主编／董小明
终审／黄宗湖
出版人／伍先华
出版发行／广西美术出版社
中国广西·南宁市望园路 9 号
邮编：530022
电话：0771-5701356　5701357
传真：0771-5701355
经销／全国各地书店
印制／深圳雅昌彩色印刷有限公司
开本／787mm × 1092mm
1/12　印张／10
2003 年 10 月第 1 版第 1 次印刷
书号／ISBN 7 - 80674 - 423 - 1/J · 307
定价／116.00 元

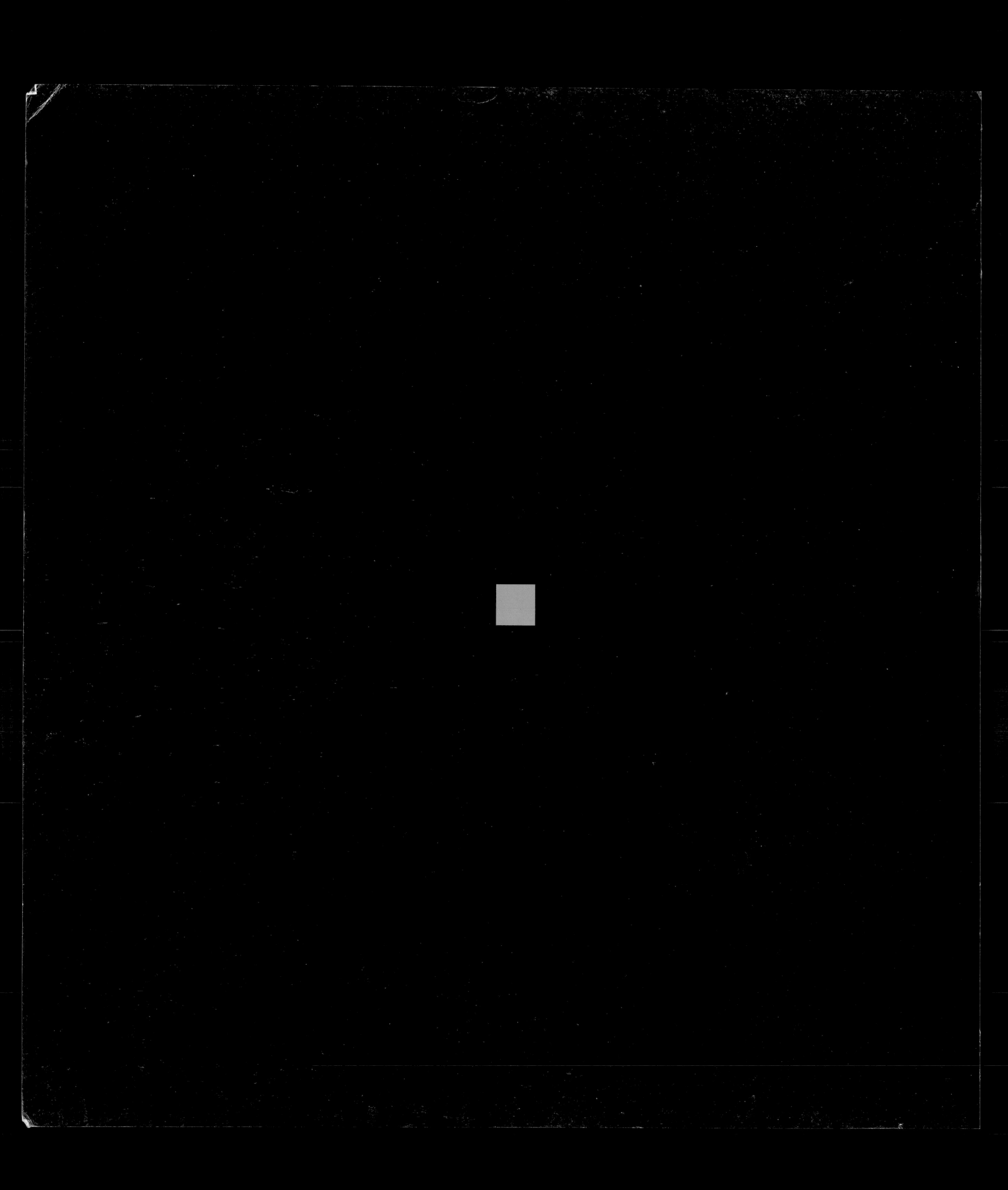